|译者简介|

杨武能

　　四川外国语大学前副校长，四川大学文学院兼外语学院教授，西南交通大学特聘教授暨国家社科基金重大研究项目"歌德及其汉译研究"首席专家。

　　曾获联邦德国总统颁授的"国家功勋奖章"、联邦德国终身成就奖性质的学术大奖"洪堡奖金"，以及世界歌德研究领域最高奖"歌德金质奖章"。中国译协"翻译文化终身成就奖"获得者。

　　毕生从事德语文学翻译，广受好评的译著有《浮士德》《少年维特的烦恼》《歌德诗选》《歌德谈话录》《海涅诗选》《茵梦湖》《格林童话全集》《豪夫童话全集》《特雷庇姑娘》《魔山》《纳尔齐斯与歌尔德蒙》《永远讲不完的故事》《嫫嫫〔毛毛〕》等数十种。《杨译童书经典》汇集了杨教授数十年来翻译德语儿童文学名著的精华。

巴蜀译翁　楊武能 题盖

XUESHAN SHUIJING HE
LAIXIN YUYAN

雪山水晶 和 莱辛寓言

[奥]阿达尔贝特·施蒂弗特 ◎著

[德]歌·埃·莱辛 ◎著

杨武能 ◎译

四川人民出版社

图书在版编目（CIP）数据

雪山水晶和莱辛寓言/（奥）阿达尔贝特·施蒂弗特，
（德）歌·埃·莱辛著；杨武能译. —成都：四川人民出
版社，2019.5
（杨译童书经典）
ISBN 978－7－220－11332－1

Ⅰ.①雪…　Ⅱ.①阿…　②歌…　③杨…　Ⅲ.①儿童
小说－中篇小说－奥地利－现代②寓言－作品集－德国－
近代　Ⅳ.①I521.84②I516.74

中国版本图书馆 CIP 数据核字（2019）第 054762 号

XUESHAN SHUIJING HE LAIXIN YUYAN

雪山水晶和莱辛寓言

［奥］阿达尔贝特·施蒂弗特，［德］歌·埃·莱辛　著
杨武能　译

出品人	黄立新
策划组稿	韩　波
项目统筹	谢　寒
出版融合统筹	袁　璐　谢　寒
责任编辑	谢　寒
装帧设计	张　妮
插画设计	SOYA 说
责任校对	舒晓利
责任印制	李　剑

出版发行	四川人民出版社（成都槐树街 2 号）
网　址	http://www.scpph.com
E-mail	scrmcbs@sina.com
新浪微博	@四川人民出版社
微信公众号	四川人民出版社
发行部业务电话	（028）86259624　86259453
防盗版举报电话	（028）86259624
照　排	四川胜翔数码印务设计有限公司
印　刷	成都蜀通印务有限责任公司
成品尺寸	146mm×208mm
印　张	6.5
字　数	110 千
版　次	2019 年 5 月第 1 版
印　次	2019 年 5 月第 1 次印刷
书　号	ISBN 978－7－220－11332－1
定　价	22.00 元

目录 contents

雪山水晶

[奥地利] 阿达尔贝特·施蒂夫特

尤其亲切感人，富于诗情画意。因此，在德语文学史上，施蒂夫特独享着"风景小说家"的美誉。

《雪山水晶》（1845）是一篇很能代表作者风格的作品，在德语国家中脍炙人口。题名与小说情节无直接关系，可理解为宁静美丽的冰山雪峰、淳朴善良的山民以及两位小主人公的美好心灵的比喻和象征。小说情节单纯，但对我们却是一幅色彩鲜明欢快的异国风情画。

咱们的教会经常庆祝各式各样激动人心的节日。你很难想象有什么事比过圣灵降临节更美好，有什么事比过复活节更庄严、更神圣。复活节前一个礼拜的悲伤难受，紧接着到来的礼拜日①的欢欣喜悦，终生陪伴着我们。严寒的冬季，当黑夜变得长得不能再长，白昼变得短得不能再短的时候，当太阳斜斜地照射着被白雪覆盖了的大地、田野的时候，咱们的教会就要庆祝自己最最美好的节日——圣诞节啦。在许多国家，圣诞节的前一天被称作基督诞生前夕；在我们这儿却叫圣诞前夕，第二天叫圣诞日，而夹在中间的夜晚就是圣诞夜了。天主教把圣诞日当作主耶稣的生日来庆祝，为此要举行最盛大的宗教仪式。在大多数地区，半夜里就灯烛辉煌，充满神圣肃穆的气氛，因为人们相信耶稣这会儿已经降生。当圣诞钟声响彻在冬夜漆黑的

———————————

① 自3月21日或22日算起月圆后第一个礼拜日，为复活节。在复活节前的一周内教徒们都要为追思耶稣在世时所受苦难而悲伤。

寂静的空中，召唤人们去做圣诞弥撒时，居民们便有的打着火把，有的摸着黑，踏着熟悉的羊肠小道，从白雪皑皑的群山中走出来，经过披着严霜的树林，穿越咔嚓咔嚓作响的果园，向着那传出庄严的钟声的教堂赶去。教堂矗立在一座结满冰凌的树林环绕着的村子中央，长长的窗户透射出明亮的光辉。

圣诞节不只是宗教节日，也是一个家庭节日。在所有信奉基督教的国家里几乎全一样，大人都告诉孩子们，圣婴也是个小孩，而且是世界上最最可爱的小孩，他的降临真是一件又愉快、又辉煌、又神圣的事。这圣诞节这件事将影响一个人的一生，即便到了垂暮之年，在回忆往事而心情忧伤沉重的时刻，一想起儿时过圣诞节的情景，他也会觉得重新长上了熠熠闪光的彩翼，飞进了茫茫的夜空里似的。

为了叫孩子们高兴，大人总要分礼物给他们，并讲礼物都是圣婴送来的。分礼物的时间通常在圣诞前夕，当黑黑的夜幕降下来的时候。在屋子中央，摆着一株小枞树或小松树，在它美丽的绿枝上，悬挂着许许多多小蜡烛，时候一到，大人就把蜡烛全部点亮。可是，孩子们还得等到大人发出信号，表示圣婴已经降临，他带来的礼物已留下了，才可以进屋去。终于，房门打开了，孩子们奔进屋中，在闪闪烁烁的迷人烛光下一眼瞅见那么多礼品，要么挂在树枝间，要么摆在树旁的桌子上，全都美好得远远超出了孩子们的想象，使他们连碰都不敢去碰一下。后来终于得到了，就整个晚上抱在小胳膊里跑来跑去，上床睡觉时也不放开。睡梦里，他们听见午夜时召唤大人们去教堂做弥撒的钟声，往往就会想这是小天使们正在夜空中飞翔，要不就是小耶稣已去过所有孩子的家里，送给了每个孩子一件珍贵礼物，现在正回家去哩。

第二天到了圣诞日，孩子们一大早就穿着漂漂亮亮的衣服，站在暖烘烘的房间里，父母则忙着梳妆打扮，准备上教堂去。中午，人们将享用一顿一年里最丰盛的美餐；午后，亲朋好友都来相聚，大伙儿围坐在一起，一边聊天，一边悠闲自在地观赏着窗外的冬景，看见的要么是纷纷扬扬的雪花，要么是浓雾缭绕的山头，要么是一轮血红的、冷气森森的落日。这一切，也同样叫孩子们激动兴奋。只是昨晚上那些美妙的礼物，这会儿却已熟悉了，玩腻了，被随手搁在了房间里的什么地方——或在椅子上，或在长凳上，或在窗台上。

漫长的冬天随即过去，春天到来，然后又是那没完没了的夏季——这时节，当母亲重新讲起圣婴，说不久他的节日就要到了、他这次又要降临的时候，孩子们总会觉得自上次圣诞节已经过了老长老长的时间，仿佛那一次的欢乐已成了遥远而朦胧的往事。

圣诞节的影响如此久远，它的余晖甚至映照着一个人的晚年；正因此，每当孩子们高高兴兴欢度节日的时候，我们都很乐意在他们身边。

* * *

在我们祖国高高的群山中，有一座小小的村子。村子里的教堂虽说不大，它那钟楼却很尖很尖，顶上盖着红色的大瓦，耸立在一片绿色的果树之中，透过深山里蓝色的雾霭老远老远都看得见。村子坐落在一片挺开阔的谷地中央，谷地的形状近乎一个椭圆。除了教堂，村里还有一所学校、一个村公所、一块四周建着许多漂亮房舍的广场，广场上长着四棵菩提树，四棵树中间立着一具石头凿成的十字架。那些房舍的主人不全是农民，在他们之中还有一些从事人类不可缺少的手工劳动的人，以满足山中人们对于手工产品的不多的需要。如在山区里常见的那样，在谷里和周围的山坡上还零零星星建着许多小房子，它们的主人不仅离不开村里的教堂和学校，而且也必须购买上面讲的那些手工业者的产品。甚至还有些从谷地中根本看不见的藏在深山里的农舍，也和这座小村子有关系。住在这些

农舍中的居民很少到村里来，冬天倘若死了人就只好先将尸体保存着，等到雪化以后再送去埋葬，举行葬礼。村民们一年到头所能见到的大人物就是神甫，他深受人们的敬重。一位神甫在村子里住久了往往又总会习惯它寂寞的环境，乐于一直留在这儿，简简单单地过下去；至少，就记忆所及，还不曾有哪个神甫想过要到山外边去。

没有公路穿过谷地，村民们驾着一匹马拉的小车运农产品回家时，走的只是一些能过两辆小车的山道。因此，从山外到村里来的人很少，偶尔有个把酷爱自然的徒步旅行者，来旅店楼上绘着壁画的房间里住一阵，看看山景，或者甚至有一位画家，来把那教堂的尖尖的小钟楼和美丽的山峰画在他的本子上。因此，村民们就组成了一个单独的世界。在这个世界里，人们相互认识，都叫得出对方的姓名，了解对方的祖父和曾祖父的详细历史；一个人死了大伙儿都难过伤心，一个孩子生下来大伙儿全知道他取了什么名字；他们说的是一种与外面平原上的人不同的语言，他们由自己调解争端；他们相互帮助，一遇重大事故便聚在一起。

他们脾气固执，因此一切永远是老样子。要是一块砖从墙上掉下来了，那么它又会被重新砌上去；新房子都建得和老房子一模一样；屋顶破了又用相同的木板修理；谁家一旦养了几头花母牛，那么同样颜色的牛就将传宗接代，在他家里一直养下去。

在村南有一座雪山，闪闪发光的羊角形峰巅看上去似乎就伸在村里的屋顶上面，而实际上却没有这么近。成年累月，盛夏寒冬，它都用自己的突岩和白色峰顶俯瞰着峡谷。远远近近，最引人注目的莫过于这座山，所以它便成了山民们观察的对象，以及他们那许许多多故事传说的中心。村里没有哪个壮年男人和老爷子不能给孩子们讲一些关于它那起伏嶙峋的山梁、深不可测的冰裂和洞穴，以及山洪暴发和岩石崩塌的故事；这些故事要么是他们的亲身经历，要么是他们从别人那儿听来的。此外，这座山也是全村人的骄傲，仿佛是他们把它给垒成功了似的。山里人向来以诚实憨厚著称，但尽管如此，他们有时是否也会为了夸山、赞美山而撒谎，就很难说了。这山不仅使村民们赏心悦目，而且也带给他们一些实惠，要知道每当有旅行团到来，想从谷里出发登山的时候，他们便可去当向导。而谁只要做过一次向导，经历过这样那样的事情，了解了这个那个地方，他都会把这看成自己的光荣，因而津津乐道。村民们一起泡在酒馆里的时候，谈的常常就是这个话题——讲他们所冒的险，讲他们遇见的种种怪事，可也不忘记告诉听众这个或那个旅行者说过什么话，以及他们以自己的辛苦从他那儿获得了多少报酬，等等。再有，雪水从山上流下来，在森林中聚集成湖泊，汇成一条欢畅地流经谷地的小溪，推动着磨坊、锯木坊和其他小作坊，使村子变得干干净净，并给村里的牲口以饮水。山上的森林既能供给木材，又能防止雪崩。雪水通过山里的暗沟和裂隙渗到地下，分成无数支脉穿过谷底，再从泉眼和井口里冒出来，供村民们饮用。他们用这水招待异乡人，人家总对如此清凉甜美的水赞不绝口。不过，他们想不到这最后一点也是山赐予的好处，以为历来如此。

说到这座山一年四季的变化，那么，在冬天它那两只被唤作羊角的峰尖也变得雪白，在晴朗的日子里就高高地兀立在暗蓝色的天空中，耀得人眼睛发花。峰尖周围的山脊随之也白起来，所有斜坡也一样，甚至就连村民们称作围墙的垂直的陡壁，也让飘上去的雪花给蒙住了，上面再结着一层薄薄的冰，光洁得好似上了釉一样。于是，这座拔地而起的巍峨大山，整个看上去就像一座神奇的宫殿。那些披了霜的灰蒙蒙的森林，匍匐在它的脚下，显得又矮小又凝重。夏日，阳光和暖风揭去了峭壁上雪白的面纱，村民们所说的羊角便黑黑地显现在蓝天中，只是在它们的脊梁上还留下一些白色的美丽斑纹；事实上，羊角形的峰尖是淡青色的，那些所谓斑纹也并非白的，而是离得远了，又经黑色的岩石一衬，看上去便成了柔和的乳白色。天气很热的盛夏，羊角四周山梁的上半部虽说还不会冰雪尽消，而是在谷中绿色的树木映衬下显得更白；但它下半部松软的积雪却融化了，人们便可看见有淡蓝色和淡绿色的光熠熠闪动，变幻不定。那是浮冰在流动，流完以后便露出山坡的本来面目，向谷里的居民们致敬。在闪闪发光的流冰的边缘上，有一些像是由宝石的碎末堆集成的浪花，走近一看，才知道是些庞然大物似的冰块，乱糟糟地、横七竖八地拥塞在一起。夏季要是既热又长，积雪还会往上融化，山坡便会呈现更多的绿色和青色，有些终年白皑皑的山峰和坡地也将脱去银装。流冰推动着岩块、土壤和淤泥，边缘看上去十分肮脏，同时，流进山谷里来的水也比往年多得多啦。这么一直下去，直到渐渐入秋，山上的水变小了，最后却又会来一场绵绵淫雨，把整个谷地都泡起来。雨后，云开雾散，山又重新裹上了它松软的冬装，所有的崖头、山峦和峰尖又是一片银白。就这么年复一年，周而复始，啥时候自然界还存在着，山顶上还积着雪，山谷中还住着人，啥时候就会这么继续下去。变化是很微小的，但这些微小的变化在山里人看来却很大，一眼便能发现它们，并根据它们推算出节令的变化。单看雪山裸露的多少，他们就能说出夏季是否酷热，或者异乎寻常的凉爽。

至于说到登山，那就得从谷底出发。沿着一条平坦的、景色宜人的大路朝正南方向走，翻过那道唤作"脖子"的山梁，便进到另一片谷地中。所谓的"脖子"并不怎么高，却横躺在两座更大、更重要的山中间，把夹在两山之中的峡谷隔成了两段。在这条把雪山和对峙的另一座高山连接起来的"脖子"上头，长的全是些枞树。大约在"脖子"最高的地方，当通向另一片峡谷去的山路开始往下倾斜的时候，立着一根所谓的"不幸柱"。相传从前有个面包师，在扛着一大筐面包从"脖子"上经过时死在了这里。人们把死去的面包师连同他的筐子和立在周围的枞树画到一张画上，下面写着说明和要过路人为他祈祷的请求，然后把画钉到一根漆成红色的木柱顶头，在出事的地方竖起来。登山的人走到柱前就得离开大路，顺着"脖子"继续前进，否则便会走下另一道山谷中去了。在那儿的枞树之间留下了一条通道，仿佛曾经有过一条大路。那其实是村民们有时上山去伐木才走的小道，日子一久又给乱草湮没了。沿着这条缓缓向上的小道走去，最后可以到达一片没有树木的旷地。这里土壤贫瘠，连一丛灌木都不生，只长着些细弱的野草、干枯的苔藓和其他耐干寒的植物。从这儿起地势变得越来越陡，走起来也就慢了，人们总是顺着一条圆形坑道似的水沟往上爬。这样做有一个好处，就是在开阔而无树木、到处看上去全一个样的山坡上不容易迷失方向。走一些时候便会出现一尊尊巨岩，拔地笔立着就跟一座座教堂一样，在"教堂"的墙壁之间要走更久。穿出去以后又是一道道光秃秃的、寸草不生的山脊，循着这些高耸入云的山脊便可一直走到冰坡跟前。沿路两边都是悬崖峭壁，雪山和"脖子"就由这条长堤连接在一起。为了越过冰坡得沿着它的边缘走很长时间，并翻过围绕着它的岩石，然后才能到终年积雪的地带。积雪把冰裂缝给填起来了，一年里头的多数时间都能过人。在积雪地带的最高处，就耸峙着那两只羊角，其中一只角更长点，便是整个雪山的峰巅了。这两只角非常非常难登，因为它们周围环绕着一道时而宽时而窄的雪壕，人必须跳过去。再说，它们那陡立的岩壁上仅有一些很小很小的凹穴可供踏足，所以大多数的登山者都满足于走到雪壕跟前，从那儿欣赏欣赏四周的美景，被羊角挡住的一面自然除外。至于那些决心攀登顶峰的人，就必须借助钉鞋、绳索和榔头什么的。

除去这座山以外，南边还有另外一些山，但没有哪座像它这么高。那些山尽管一入秋也早早地积起雪来，到了暮春时节依旧白皑皑一片，但夏天来临，雪总是全部化掉，阳光下又露出光闪闪的岩头，长在低处的树林更是一片青翠，由暗蓝色的宽宽的阴影间隔着，真是叫人一生一世也看不厌的优美。

在谷地的另外三面，即北面、东面和西面，山都是绵延低矮的，麦田和草地一直爬上了半山腰，再上去就是一丛丛小树林、一座座阿尔卑斯茅屋和类似的建筑，直到与天空相接的峰脊上，现出一条条花边似的树林。清晰的花边锯齿，正说明这些山是很矮的。南面的山却不一样，它们尽管长着茂密的森林，与明亮的天空相接的边缘却显得光溜溜的。

你要是站在谷地的正中央，就会感觉是置身在一个与世隔绝的盆里；只有那些常待在山区里的人，才完全不会有这种错觉。事实上，不仅有各式各样的道路与外界相通，其中往北去的路甚至还相当平坦，人们只要在那些错落的群山脚下绕来绕去，便可走到平原上；就连谷地像是被陡峭的崖壁封死了的南面，也有一条路从前面讲的"脖子"上通过。

小村子名叫格沙德，那俯瞰着它的房舍的雪山叫嘎尔斯山。

在"脖子"另一边，从"不幸柱"顺着大路往下走，有一片比格沙德村所在的谷地更美、更繁荣的山谷，在谷口上，坐落着一个很漂亮的集镇——米尔斯镇。米尔斯镇够大的，不但有各式各样的作坊，其中一些甚至生产城里人需要的手工业品和食品。镇上的居民比格沙德村的人富裕得多。两片谷地之间尽管相距三小时路程，对于喜欢长途跋涉的山里人来讲简直微不足道，不过两个山谷里的风俗习惯却迥然不同，甚至连居民的外貌也完全两样，仿佛彼此隔得有好几百里似的。这在山区是常见的事，不仅与各条山谷不同的向阳程度和由此形成的有利或不利地势有关，而且也受居民因从事不同营生而养成的不同脾性的影响。然而，所有山里人又有一个共同点，就是他们都坚持祖先的传统，容易安于现状，非常非常热爱自己的故乡，离开了故乡就几乎活不下去。

格沙德村的居民经常是几个月甚至一年才到另一道山谷去一次，赶一赶米尔斯镇上的大集。米尔斯镇的人同样难得到格沙德来，虽然他们与外边平原上保持着来往，不像格沙德人那么闭塞。特别是有一条可以称作公路的大道穿过米尔斯镇的山谷，过往的旅客和游人相当多，但却谁都想不到在北面的高高的雪山背后，还有另外一片谷地，谷地中也四处散布着房舍，而且在小村子里还耸立着一座尖顶的教堂。

为了满足本谷居民的需要，格沙德村住着各行各业的手艺人。在他们中间，还有个哪儿都缺少不得的鞋匠，除非你还过着原始生活。格沙德人可早已脱离原始状态，因此需要又漂亮又结实的山地居民爱穿的皮靴。这个鞋匠仅有一个微不足道的对手，除此而外他就是整个山谷中独一无二的从事这营生的人了。鞋匠的家在村中央的广场旁边，也就是所有好一些的房子集中的地方。他那所房子面朝着四棵菩提树，灰色的墙壁，白色的窗框，窗板却漆成了绿色。底层是工作间，伙计的寝室，一大一小两间起居室，外带厨房、餐室和其他附属用房；二楼或者说顶层才是主人的卧室和精华所在。室内摆着两张漂亮床铺，几只打磨得光洁精美的衣箱，一个玻璃器皿柜，一张饰有镶嵌细工的桌子和几把软椅；在墙上，有一个存放积蓄的小壁龛，此外还挂着几张圣像，两座精致的壁钟，一些参加射击比赛获得的奖品，以及几支打靶和打猎用的枪连同装在一个特制玻璃匣子里的各种附件。在鞋匠的住宅旁边，仅仅由一道马车进出的拱门隔开来，建着一所小一些的式样完全相同的房子，就像是属于鞋匠住宅的一个组成部分似的。小房子里只有一间卧室和必备的厨房、厕所。当大房子的主人把自己的家业移交给自己的儿子或继承人时，他就将退居到这幢小房子里来，和老伴一起住在里边直到双双死去，然后小房子又空在那里，等着新主人。鞋匠的住宅背后有一间马厩和一个谷仓，要知道山谷里的每个居民，即便他会某种手艺，都同样得干庄稼活儿，以此得到充足的粮食。最后，在最里边还有一片园子，这是在格沙德村任何一幢好一些的住宅中都不缺少的。平时，主人从园中收获蔬菜、水果；遇上节庆日子，还可以采摘到鲜花。像在多数山区那样，养蜂在格沙德村的这些园子里也是常见的事。

前面提到过的那个微不足道的对手，是另外一名叫托比亚斯的老鞋匠；其实，对于独霸一方的年轻鞋匠来说，他还算不上什么对手，他只是给人修修补补，而且活计多得很，压根儿就想不到要去和广场的阔皮匠一争高低，特别是阔皮匠还不时无偿地供给他零零碎碎的边角料什么的。夏天，老托比亚斯总坐在村口的一丛接骨木树下干活儿。只见他身体周围摆着各式各样的鞋子，但全都又旧又黑、又破又脏。长筒靴是看不见的，因为这座村子和这个地区的居民一般都不穿它们。长筒靴只有两个人穿，一个是神甫，一个是小学教员；可他们不管是补旧靴子或是做新靴子，通通都去找那位阔鞋匠。冬天，老托比亚斯就坐在接骨木树丛后边自己的小房中干活儿，房里生着火，倒也暖暖和和的，因为在格沙德村木柴并不贵。

广场上那位鞋匠在回村里定居以前，是个专打羚羊的猎人，据格沙德的老住户们讲，他年轻时压根儿没干好事。他在学校里成绩总"名列前茅"，后来跟父亲学会了手艺，就出去漫游，在外边跑了很久很久，才回到村里。可他不像一个手艺人该做的那样，戴上一顶他父亲戴过一辈子的黑帽子；他的帽子是绿色的，还插上五颜六色的羽毛。他就戴着这样一顶帽子，穿着件在整个山谷中最短最短的粗呢上衣，到处踅来踅去。可他的父亲呢，从前却总是穿着件又宽又长的袍子，颜色都很深，要不干脆就是黑的，真正像个手艺人的样子。年轻的鞋匠成年累月在跳舞场和九柱戏场上鬼混。谁好心劝告他，他就吹声口哨，气你一气。附近不管哪儿举行射击比赛，他都背着枪赶去凑热闹，有时候夺回一点奖品来，就觉得很了不起。奖品大多是装在精美的筐子里的硬币，然而为夺得这些奖品，小伙子必须付出的比同样的硬币还多得多，特别他又是个很不知节俭的人。地方上组织十次围猎，十次他都会去参加，因此久而久之，也博得了个神枪手的美名。可是，他时不时地也背着双筒猎枪，穿上登山钉鞋，一个人溜上山去。而且有一回，人家说他脑袋受了很重的伤。

米尔斯镇有个染匠，在朝着格沙德村方向的镇口上开着一家大染坊。在染坊中干活儿的不光有许多人，对于山谷里的居民来说，闻所未闻的是还有一些机器。而且，除此之外，染匠还拥有一大片田产。

年轻鞋匠翻山入谷，来到富裕的染匠家，向他的闺女求婚。染匠的闺女不仅因模样俊俏而远近闻名，并在深居简出、品行端正和善于持家方面也受人称赞。但尽管如此，据人讲年轻鞋匠还是引起了她的注意。谁料她的父亲却让年轻人吃了闭门羹。如果说染匠美丽的女儿从前就难得出门，从不在公共场所和看热闹的地方露面的话，那么，自此以后，她除了上教堂或者在自己家的园子里和住宅中走走以外，更哪儿都不去了。

鞋匠的父母一死，住宅就归他所有了。他独自一人住在里边，过些时候完全变成了另一个人；就跟他过去成天胡闹一样，他现在成天坐在自己的铺子里，没日没夜地钉着鞋底。他甚至夸口说，如果有谁做的鞋子靴子比他更好，他甘愿输一笔钱给他。他雇的伙计也全是最好的，他还把他们重新加以训练，使他们干活儿完全按照他的要求，做出鞋来跟他自己做的一个样子。年轻的鞋匠果真说到做到，现在，不仅从前大部分居民都要到邻近山谷去买鞋的格沙德村全村在他店里订鞋，整个谷地的人都穿他做的鞋了，而且到最后，米尔斯镇和其他山谷也有一些人专程赶来，请格沙德的鞋匠为他们做鞋。他的名声甚至传到了山外的平原上，当那儿有什么人要到山区旅行的时候，也经常买他的鞋去穿。

他把自己的房子收拾得漂漂亮亮，尤其是在店堂里，搁板上的各种靴子、鞋子一双双全亮锃锃的。每逢礼拜日，全山谷的居民都来到村里，聚在广场上的四株菩提树下；这时候谁都少不了蹀到鞋店前，透过玻璃窗瞅瞅店堂里边买鞋和订鞋的热闹情景。

他因为爱山，做起山区人穿的绑带子的鞋来也最拿手。他经常在店堂中夸口说，没有哪个皮匠做的这种鞋可与他媲美。

"他们不知道，"他总是补充说，"他们一辈子也不会明白，这种鞋应该是啥样子。他们不知道底上的钉应钉得又密又牢，而且还得掌上一块铁；不知道鞋子外边得非常非常硬，即使碰上最锋利的石块也感觉不到疼，而里边却十分柔软，穿在脚上就跟套了双脚套似的。"

年轻鞋匠还请人给他特制了一个大簿子，把自己生产的所有货色，以及订货人和购货人的名字一一登记在上边，并简单注明每项产品的质量情况，同类的鞋子都分别依次编了号。这个大登记簿时时刻刻摆在店堂中的一个大抽屉里边。

米尔斯镇那位染匠的美丽女儿尽管足不出户，既不走亲戚，也不看朋友，格沙德村的年轻鞋匠仍旧有办法让姑娘老是远远地瞅见他：她上教堂时瞅见他，在园子里散步时瞅见他，从自己房中的窗口眺望外边的草地时还能瞅见他。鉴于老这么瞅下去也不是办法，姑娘的妈妈就替女儿长久地、急切地、坚持不懈地恳求老染匠，使这个老顽固到底让了步。于是，如今改邪归正的年轻鞋匠就把漂亮富有的米尔斯镇姑娘娶回了格沙德村。可尽管如此，老头子依然头脑清醒。一个好样儿的人，他说，必须兢兢业业，使自己的事业发达兴旺；必须以此养活自己的老婆孩子，养活自己和自己的手下人；必须使家宅生辉，田园茂盛；必须有不断的积蓄，因为在这个世界上唯有钱，才能带给他威望与荣誉。所以，他说，他女儿除去一套上好的嫁妆外什么也得不到，往后的一切嘛都是做丈夫的事，都得他自己去操心和张罗。米尔斯镇的染房和田庄本身是一份很大、很可观的家业，它必须继续存在下去，为他本人增光，并作为后代子孙发迹的基础；因此，他一点也不肯分出来给他们。只有他和他老伴死了，米尔斯镇的染房和田庄才归他们的独生女儿——格沙德村的鞋匠太太所有；那以后，鞋匠和鞋匠太太想拿它们做什么就可以做什么。只不过这一切都得有个条件，就是继承人得配继承这份遗产，否则，遗产就将归他们的孩子所有；要是他们没有孩子，那他们也只能分到其中一部分，其余的都给别的亲戚们。

　　年轻鞋匠也不要求什么，他骄傲地表示，他唯一想得到的只是米尔斯镇这位染匠的漂亮的闺女，而且，他一定能像她在家时一样地供她吃，供她穿。果不其然，他让自己妻子穿戴得不仅比全格沙德村和全山谷的女人都好看，而且比她在家时要好看得多；此外，吃喝和其他享用都比她在家当闺女那会儿更讲究、更阔绰。并且，为了气气老丈人，他还用节余的钱买了越来越多的田地，最后凑起来也是一份很可观的产业。

格沙德村的居民很难走出他们的山谷，就连那被一道山梁和不同的风俗习惯隔开来的米尔斯镇也不常去；至于离开自己的山谷，到邻近的山谷中去定居，那更是从来没有过的事（移居到远一些的地方的情况倒不少见）；临了儿，也没有任何一个女人或姑娘乐意从一道山谷去到另一道山谷，除非在很罕见的情况下，她们为爱情做出牺牲，才跟着自己的丈夫住进别的山谷中去。由于这种种原因，米尔斯镇漂亮的染匠闺女在成为格沙德村的鞋匠太太后，始终仍被格沙德村的全体居民看成是外来人。虽说他们一点也不讨厌她，不，他们甚至喜欢这个容貌美丽、品行端庄的女人，可是，在他们心中却始终存在着某种像畏惧或者顾忌的感情，妨碍着他们和她建立如同格沙德男人对格沙德男人、格沙德女人对格沙德女人一样的亲切平等关系。情况一直改变不了，而且由于鞋匠太太穿得比谁都好，家庭生活也安安逸逸，还更增加了人们对她的疏远。

结婚一年后，她生了一个儿子，过了几年，又生了个女儿，可是她觉得，丈夫并不如她所想象的那样爱孩子们，或者不像她自以为爱他们那样爱这一对小兄妹，要知道他成天绷着个脸，忙着他自己的事情，他很难得带孩子们玩一玩，逗一逗他们，他跟他们讲话也像跟大人讲话似的，总那么慢条斯理；至于吃穿和其他外在之物，他对孩子们倒尽量满足，没啥好说的。

婚后的头些年，染匠的老伴经常来格沙德村，而每逢教堂纪念日或其他节庆，年轻夫妇也去米尔斯镇走走。可后来，孩子出世了，情形就两样了。如果说母亲们已经很爱、很舍不得自己的儿女的话，那么当祖母和外祖母的，就更加如此：她们常常像生了病似的，渴念着自己的小孙孙。染匠的老伴来格沙德村更勤了，她常来看孩子们，给他们带来一些礼物，在他们身边住几天，然后在离开时对他千叮咛万嘱咐。不过，老太太的年纪和健康状况很快就使她不可能再经常跑来跑去，况且老染匠也以此为理由提出了意见，于是便想出另外的解决办法：反过来，由孩子们经常去看看外祖母。母亲经常坐着车亲自带他们上米尔斯镇，但在更多的情况下，由于他们年龄还很小，是把他们穿得暖暖和和地交给一个女仆，由女仆护送着坐车翻过山梁。而眼下，他们长大些了，就由母亲或者女仆领着步行上姥姥家去。是的，男孩又机灵、又健壮、又聪明，父母有时甚至已让他单独去走那条他熟悉的翻过"脖子"的大路。要是天气特别好，他又一再请求，爸爸妈妈还允许小妹妹也陪他一块儿去。对于格沙德村人来说，这并没有什么稀奇，因为他们惯于走长路；而一般做父母的，像年轻鞋匠这么一位汉子尤其如此，都乐于看见自己的孩子成为强悍的人，并以此为一快事。

所以，鞋匠的一对儿女走"脖子"上那条路的次数，比村里其他人全部加起来还多。本来，他们的母亲在格沙德村就一直被当成外来人，他们再这么常往外跑，自然也就不会两样了，小兄妹几乎不被承认为格沙德村的孩子，他们有一半属于山那边的米尔斯镇。

男孩叫康拉德，小小年纪已表现出他父亲那样的坚毅性格；女孩根据她母亲的名字取名为苏姗娜，或者如人们简单地称呼她那样就叫姗娜。姗娜对自己哥哥的知识、眼力和力气都非常非常信赖，无条件地服从他的指挥，就像他们的妈妈相信他们的爸爸是个无所不知、无所不能的人，因而也无条件地听他指挥一样。

在天气晴朗的日子，村民们常常看见小兄妹一清早就穿过谷底，越过草地，向着南方，向着那遥遥在望的"脖子"上生长着的枞树林走去，走进树林，他们再顺着大路慢慢翻过山梁，在中午到来之前便已漫步在米尔斯镇外边的广阔草地上。康拉德把属于外祖父的草地指给姗娜看，接着他们经过他的田产，哥哥便告诉妹妹地里边种的都是些什么东西。很快，他们看见外祖父家的屋檐下的杆子上，晾着一长条一长条的布，风一吹就卷来卷去，或者变出一张张傻脸；再过一会儿又听见从外祖父建在溪边的制呢厂和制革厂中传出来的机器声、捣槌声；临了儿，他们再转过一片田地，抄近路通过后门，走进染房的园子里，在这儿就见到了他们的姥姥。孩子们每次来，姥姥总能预感到，她在窗口望着田野，远远地就根据姗娜那在阳光下一闪一闪的红头巾认出了他们。

她领着小孙孙穿过漂洗间和压榨间，走进起居室，让他们坐下休息，但不准他们解开围巾和小上衣，生怕这样他们会受凉，然后留下他们吃午饭。饭后他们才得到允许脱一点衣服，玩一玩，在外祖父的大宅子里东走走西瞧瞧，干他们愿意干的一切，只要不淘气，不违反外祖父的禁条就行。吃饭的时候外祖父总在场，他考问孩子们的功课，特别要他们牢记什么，什么是非学会不可的。下午，姥姥总是催孩子们提早动身，生怕他们走晚了出事。虽然染匠什么东西也不让他们捎回去，发誓说在自己死以前决不动用他的家产的一分一毫，老太太却觉得自己没义务那么严

格地遵守他这档子规定。不仅当孩子还在时她要给他们这个那个，给钱的次数也不少，有时甚至给得很可观，而且，临走她总要给他们打两个小包袱，里边装满她认为孩子们必需的或者会使他们高兴的东西。即使这样的东西在格沙德村的商店里有的是，也非常非常好，老太太仍然要给了才高兴；小兄妹呢，也把它们当作什么稀奇宝贝似的背回家去。于是乎就发生了这样的情况：孩子们在圣诞夜才得到的礼物，却是早就用盒子装好封牢了，由他们自己在圣诞前一天不知不觉地背回家来的。

姥姥总是催孩子们提前动身，生怕他俩到家太晚，结果是孩子们走在路上反倒有了时间这儿站站，那儿停停。他们喜欢坐在"脖子"上那排榛子树下，扔石块去打榛子；在不结榛子的季节就玩树叶和枝条，或者拾头一年春天从针叶树上掉到地上的柔软的褐色球果。有时康拉德讲故事给小妹妹听，或在到达红色的"不幸柱"跟前时，领着她向左边的岔路上走几步，告诉她这么一直走就会走上大雪山，那儿全是大大小小的岩石，有许多羚羊在那儿跳来跳去，天上飞着很大很大的鸟。有几次，他甚至领妹妹穿出枞林，走到那片只长着枯草和小灌木的荒坡上去，但到那儿以后他就立刻又领她往回走。这样，康拉德总是能在黄昏前把小妹妹带回家，并每次都因此得到称赞。

又到了一年的圣诞节前夕。天一亮，格沙德山谷的上空便铺开了一层薄薄的、干燥的雾幕，使东南方向上那个本已又斜又远的太阳看上去只剩下个模模糊糊的红点；加之在整个谷地和空中都没有一丝风，空气柔和温暖，天上的云朵也静静地保持着本来的形状。

鞋匠的妻子于是对她的孩子们说："因为今天天气这么好，又好久没下雨，路都挺结实，再加上爸爸昨儿个也答应只要天气行就准你们去，所以你们今天可以去米尔斯镇看一下姥姥。只不过在走之前，你们还得去问一声爸爸同不同意。"

两个孩子还穿着小睡衣，就一溜烟儿跑进正和一位顾客谈话的父亲的房间，请求爸爸重复一下昨天答应他们的话，要知道今儿个天气是很好很好的。他们得到了允许，立刻又跑回母亲身边。

鞋匠的妻子随即精心给孩子们穿戴起来，或者具体讲，她给小姑娘穿了一件件又严实、又保暖的衣服。男孩已经学会自己穿，当母亲还在跟妹妹折腾来折腾去的时候，他却老早穿好下了地。穿戴完毕，妈妈又讲："你得留神，康拉德！我把妹妹交给你带去，你就得及早动身往回走，路上千万别在任何地方逗留。你们在姥姥那儿一吃完饭，马上就得往家里赶。眼下日头非常非常短，一转眼太阳就会落下去的。"

"我知道，妈妈。"康拉德说。

"还要看好姗娜，可别让她摔着或者跑得太热。"

"嗯，妈妈。"

"好，上帝保佑你们。再去告诉爸爸，你们走啦。"

男孩在肩上背了一个他父亲用小牛皮精心缝成的背囊，兄妹俩便去到隔壁房间，对爸爸道再见。从房中一出来，两个小家伙便欢蹦乱跳地到了街上，做妈妈的在后边画了个十字祝福他们。

兄妹俩快步沿着村里的广场走去，穿过一条小街，就到了两边都是果园篱笆的野外。这时朝阳已经挂在坡顶上夹杂着一条条乳白色云雾的树林的梢头，小兄妹往前走，它那黯淡的浅红色圆球也跟着在野苹果树光秃秃的枝杈间往前滚动。

在整座山谷中不见一点雪，那些比较高的山几个礼拜以前就已银白一片，而较小的山却仍穿着它们由枞树林拼成的大衣，一动不动地立在那儿，呈现出一片褐中带红的颜色。地面还没有冻结，要不是冬季给它蒙上了一层轻微的湿气，这么久没下雨一定会使它变得很干很干的；不过，有一点湿润倒好，既不滑，却又硬又有弹性，使小兄妹走在上面脚步更轻快。还留在草地上特别是草地水沟边的稀稀落落的小草，仍然是秋天的模样，没打上霜，凑近瞧瞧，连露珠也不见一颗，据老乡们说，这是即将有雨的迹象。

在草地的边上淌着一条小溪，一座高高的石桥跨在溪上。兄妹俩走到桥中间往下瞅，溪里的水几乎全干了。只有一股深蓝深蓝的细流在干燥的鹅卵石中间穿来穿去，鹅卵石长时间没再滚动，都变成了白生生的。溪流的细弱和水色的深蓝都说明一件事，就是高山上已经被严寒所统治。严寒封住了地面，使它不能再用泥土把水弄浑，严寒还把冰变得坚硬，使它只从自己身体内分出很少一点点清亮的水滴来。

孩子们跑下石桥，穿过谷底，向着枞林慢慢靠近。

终于，他们到了林子边。他们在林中继续前进。

当他们走到"脖子"上那些更高的枞树林中时，发现地上长长的车轱辘印已不像在谷底一样是软的，都非常非常硬，而且并非干了的缘故，倒是如孩子们很快就证实了的是给冻住啦。有些地方冻得特别厉害，甚至承受得住小兄妹的体重。孩子们生性就这样，放着旁边平坦的人行小道不走，偏偏要去踩那些车辙，想试一试这一条或那一条是否承得起他们。这么走了一小时，他们到了山梁的最高处，那儿的土块已冻得像石头似的，敲起来当当响。

在从前那个面包师丧命的地方，姗娜第一个发现红色的"不幸柱"没有了。他俩走上前去，才瞧见那根漆成红色的圆柱子躺在枯草丛中，稍离远一点就全然无从发现。兄妹俩虽然闹不明白柱子为什么会这么躺着，不知道是让什么人有意搬倒了呢，或是它自己倒了呢；只不过有一点他们看得挺清楚：柱子靠近地面那段已朽得非常厉害，很容易自己倒掉的。既然倒都倒了，他们便高高兴兴地凑拢去仔细瞧上面的画和文字，这在以前还从来不可能。等他们把一切——那装着小面包的筐子，面包师苍白的手和紧闭着的眼睛，他穿的灰色褂子以及周围立着的枞树——都看够了，辨认清楚和大声念出旁边的字以后，才又继续前进。

又走了一小时，两旁阴暗的枞树林便退开了，迎着他们并陪伴他们往前走的只是些稀疏树木，这儿几株橡树，那儿几株白桦，还有一丛丛的灌木。再过一会儿，兄妹俩便奔跑在进入米尔斯山谷的草地上了。

这片谷地比格沙德山谷地势低得多，也因此暖和得多，所以这儿的庄稼总比格沙德早两礼拜收获。可尽管如此，米尔斯山谷的地面还是结了冻，当孩子们走到溪边外祖父的制呢厂和制革厂前时，发现地上有一片一片由水磨轮子溅出来的水结成的冰凌，好看极了。和每次一样，兄妹俩都因此高兴得要命。

外祖母早瞧见他们，已迎着他们走来，牵着姗娜冻得通红的小手，领他们走进房里。

她替他们脱下厚衣服，让他们坐在火炉跟前，问他们翻过山梁时好不好走。

在得到回答以后，她直说："这很好，太好啦，我非常高兴，你们又来看你们的姥姥！只不过，你们今儿个得早走，天真短啊，而且还会更冷一些，今早上米尔斯镇还没上冻哩。"

"格沙德村也没有。"男孩回答。

"你瞧不是，所以你俩得赶紧走，要不傍晚会冻坏的。"外祖母回答。

随后她又问，孩子的妈妈干些什么，爸爸干些什么，格沙德村有没有出什么新鲜事儿。

问完这一切，她就去张罗午饭，以便提前吃饭。她亲手为孩子们做了几样好吃的菜，她知道这些菜他们一定会吃得津津有味。接着便叫来老染匠，孩子们也跟大人似的入了座，和外祖父外祖母一块儿规规矩矩吃起来，姥姥不断地往他们面前拣特别可口的菜。饭后，她又摸了摸姗娜已经变得红扑扑的小脸蛋儿。

接着，她便来来回回地忙碌开了，把男孩的小牛皮背囊装满还不算，给他衣袋里也塞了各式各样的东西。就连姗娜身上的小口袋，都一个没空着。她给了兄妹俩一人一块面包在路上吃，告诉他们，要是饿得厉害的话，背囊中还有两个白面包。

"我给你们的妈妈捎了一包煎过的上等咖啡，"她说，"在那个塞得紧紧的、包得严严的小瓶子里，还有一点冲好了的黑咖啡，比你们的妈妈通常烧的可是好多啦。她只要尝尝就知道，真正跟药一样，劲儿可大了，喝一口进肚子里，天再冷身上也冻不着。背囊中另外那些装在盒子里用纸裹着的东西，一定得原封原样拿回家去哟。"

姥姥又和孩子们唠叨了一会儿，然后就说，你们该走了。

"留神点，姗娜，"她最后讲，"可别冻着啊，也别跑得太热。你们不要走草地，走树下好一些。傍晚要是起了风，就得走慢点儿。问你们爸爸妈妈好，告诉他们，姥姥祝他们圣诞愉快!"

老婆婆又亲了亲两个孩子的脸颊，才推着他们出了房门，可她自己仍然跟在后边，陪他们穿过园子，把他们从后门送了出去，才重新关上园门，回到自己房中。

兄妹俩绕过外祖父工厂旁的一片片冰凌，穿行在米尔斯镇的田畴间，向着草地那边走去。

当他们走上那些长着稀稀疏疏的橡树、白桦和灌木丛的山坡时，天上已慢慢悠悠地、东一片西一片地飘起雪花来。

"瞧，姗娜，"男孩说，"我早就想会下雪的！你知道，今儿早上咱们离开家时，还看见太阳来着，血红血红的就跟耶稣墓前那盏灯一样，可这会儿没影儿了，树梢上只留下灰色的雾。这每次都表示要下雪啦。"

兄妹俩更加兴致勃勃地往前走，尤其是姗娜，每次只要能用她那深色小外套的衣袖接住一片飘落的雪花，并且在上面停很久都不化，便乐得什么似的。当他们终于登上米尔斯镇外最高的坡顶，"脖子"上那些黑黝黝的枞树林已出现在眼前时，雪花也飘得越来越密了，映衬在深色的树墙上，斑斑点点，煞是喜人。兄妹俩进入密林，他们前边还要走的路大部分都在林子里边。

进树林后得一个劲儿往上爬，直到走近红色的"不幸柱"，路才向格沙德山谷倾斜下去。在米尔斯镇一边的山势非常陡峻，所以往上的路并非直的，而是从西向东、从东向西地慢慢绕上去。自进林子爬到"不幸柱"，再从"不幸柱"走下格沙德村的草地，沿路两边都耸立着未经采伐而又高又密的树木，直待下到山脚快进入格沙德村的草地了，树木才稍稀疏一点。还有所谓"脖子"，它尽管只是一道连接两座大山的小山梁，但是如果把它移到平原上，本身也大得惊人的。

小兄妹进树林后的第一个发现，是冻结的地面呈现出一片灰白色，仿佛薄薄地撒上了一层面粉；立在路旁和大树间的枯草的叶茎上都沾着雪花，沉甸甸地低下了头；还有枞树和松树的一些个绿枝，已经像摊开的手掌似的托着一朵朵白色的棉绒。

"这会儿在咱们家那里也下雪了吗?"姗娜问。

"还用说，"哥哥回答，"而且要更冷一些。你会看见，明儿一早整个水池都冻住了。"

"嗯，康拉德。"小姑娘应道。

她几乎把她的小脚步加快了一倍，以便跟上飞快前进的哥哥。

兄妹俩在曲折的山道上精神抖擞地走着，一会儿由西向东，一会儿又由东向西。外祖母所担心的风没有刮起来，相反，空气静得连任何一根树枝都不曾摇一摇或动一动；是的，林子里似乎还更暖和一些，就像冬天在那种松软的物体里一样，而眼下的树林也是这么个松松软软的物体。只不过，雪花飘得越来越密，地上已全白了，树林开始由绿变灰，在哥哥和妹妹的帽子和衣服上都积起了雪花。

俩孩子真乐坏了。他们踏着松松的积雪，有意找雪最厚的地方走，装出像已在深雪中吃力赶路的样子。衣服和帽子上的雪，他们压根儿不去抖它。

四周万籁俱寂。那些冬天也有时在树林中飞来飞去的鸟儿，上午孩子们在穿过树林时甚至还听见有好多只在叽叽喳喳叫着的，这会儿全都悄没声儿了；他们看不见有任何一只停在树杈上，或在树枝间飞来飞去，整片林子就跟死了似的。

因为孩子们身后仅仅留着自己的脚印，而前边的雪又干净又平整，他们就看出今天他俩是翻越"脖子"的仅有的人。

他们继续往前赶着，时而离树木近一些，时而又离它们远起来，在那些密集的灌木丛上，他们看见已堆着厚厚的雪。

两个孩子的兴奋愉快有增无减。要知道，雪下得越来越大，再过一会儿，他们就用不着专门去找那种雪深的地方踩啦，到处已经全一般厚，他们踩在哪儿脚下都软绵绵的，而且雪已开始埋住他俩的鞋。要说周围静得有些怕人，那正好，他们不是听见雪花落在松针间发出的窸窸窣窣声了吗？

"咱们今天也看得见'不幸柱'吗？"小姑娘问，"它可是已经翻倒了呀，雪一落在上边，红色也就变白了。"

"看得见，"男孩回答，"落上雪怕什么！就算变白了，我们一定还是能看见它躺在那儿。它那么粗,那么圆,顶上还有个黑色的铁十字架,十字架总会伸在外边吧?"

"嗯,康拉德。"小姑娘应道。

他们继续走着,雪可下得更密了,他们还能看见的只是一些近在跟前的树木。

脚下已再感觉不出坚硬的道路和隆起的车辙,到处都同样的软,认出路来的唯一依据是,它像一条在林中向前伸展的平整均匀的白带子。所有的枝头这时都戴上了好看的白高帽。

俩孩子眼下走在路的正中间,小脚在雪里犁出了两条深沟,行走越来越艰难,速度便渐渐慢了。男孩把上衣的领子竖起来,扯严实,免得雪花掉进脖子里边,还把帽子压得更低一点,使它更保暖,他也帮小妹妹把母亲披在她肩上的围巾扎扎紧,把围巾边更多地拉到她额头上去,做成一个遮檐的模样。

外祖母说过的风仍然不见刮起来,可雪却渐渐下得非常非常密了。连近在道旁的树都不再分得清,看上去就像竖在空气中的一个个由雾聚成的袋子一样。

俩孩子继续走着。他们把小脑袋更深地缩在衣领里,继续走着。

姗娜用小手抓住康拉德背在肩上的背囊的皮带,握紧它，随着哥哥向前走去。

他们仍然没有走到"不幸柱"。男孩估计不出是什么时候了，天上没有太阳，又一直都这么灰蒙蒙的。

"咱们快到'不幸柱'了吧?"姗娜问。

"我不知道，"男孩回答，"我今天看不清树，认不出路，它太白了。我们也许根本见不着'不幸柱'，因为雪积得这么厚，它一定给埋住了，黑色的十字架也一点伸不出来。可是没关系，我们顺着大路走，大路穿过树林，一到'不幸柱'跟前就会往下的，我们也走下去，走出林子便到格沙德村外的草地上啦。然后就是那座石桥，过桥后咱们就快到家了。"

"嗯，康拉德。"小姑娘应着。

他们继续顺着往上的路走去。他们留在身后的脚印不多一会儿就看不清了，铺天盖地的大雪很快使它们消失得无踪无影。雪花落下来也不再在松针间发出窸窸窣窣的声音，而是迅速而舒适地躺在先已铺在枝头的"白被"上。孩子们把外套拉得更紧，以抵挡前后左右不断掉进去的飞雪。

他们走得很快，可路却始终还是往上。

走了好久好久，仍然没有走到本应立着"不幸柱"的坡顶，从那儿开始，路就该下到格沙德村一面去了呀。

终于，兄妹俩来到一个地方，那儿一棵树都没有。

"我瞧不见树了。"姗娜说。

"没准儿只是路太宽，又下着雪，我们才瞧不见树的吧。"男孩回答。

"嗯，康拉德。"小姑娘应着。

过了一会儿，男孩站住脚说："我自己也瞧不见树，咱们想必已走出森林，可路仍一个劲儿往上。咱们还是停一停，看一看周围，没准儿能瞅见点什么哩。"

然而他们什么也瞅不见。他们抬头仰望阴郁的天空，只见透过白色和浅绿色的云层，射下来一条条散乱而愁惨的光带，就跟下冰雹的时候一样。铺天盖地的雪仍继续无声地下着。地上只剩白茫茫一片，除此以外周围一无所有。

"知道吗，姗娜，"男孩说，"咱们走到荒草坡上来啦。夏天我常领你上这儿来，咱们一块儿坐在地上看那些一直蔓延上去的草地，这儿还经常长着好看的野花。咱们应该立刻从右边往下走才是!"

"嗯，康拉德。"

"日头很短，姥姥说。你也一定知道，咱们得赶紧走才是。"

"嗯，康拉德。"

"等一等，"男孩又说，"我帮你再整理一下衣服。"

　　他摘下自己的帽子来，戴在妹妹头上，并在她下巴下结好帽带。他想，妹妹的围巾不顶事儿，而他自己脑袋上头发那么厚那么多，雪再下得久也不一定会把冷气湿气透过去。然后他又脱下自己的小皮袄，把它套在妹妹的胳膊上。他自己呢，则用姗娜戴在胸前的一条小围巾和包在肩上的一条大披巾把胳膊和肩膀裹起来，因为脱掉皮袄后，他身上就只剩内衣了。这样子他也够暖和的，他想，他只要走得带劲儿点，就不会冻着。

　　他牵住妹妹的小手，立刻继续赶路。

　　小姑娘温顺的眼睛东瞅瞅西瞅瞅，四野灰蒙蒙的什么也看不见。她很乐意跟着哥哥走，只可惜一双小腿儿怎么也赶不上他；康拉德急急忙忙地往前奔，就像个赶着去完成一件性命攸关的事的人。

　　他们不停地走啊走啊，使劲儿地走啊走啊，只有小孩子和牲畜才能够这样；因为，小孩儿和牲畜才不知道自己有多少潜力，到什么时候自己会筋疲力尽。

　　不过，他们只管走，却闹不清到底是不是在下山。他们刚才一开始就从右边往下走，可走着走着又发现自己还是在往山上去，一个劲儿地往山上去。他们常常碰见一些不得不绕开的陡壁，最后来到了一条弯曲的壕沟中。他们在沟里继续往前走，爬上了一个个高坡。这些高坡的实际

倾斜度超出了他们的想象；他们以为是在往下走，实际却
又到了平地上，要不就走进了一片凹地里，或者怎么走也
见不到边。

"咱们到底在哪儿呀，康拉德?"小姑娘问。

"我不知道。"男孩回答。

"只要我用我这双眼睛能看见点什么就好啦，"他接着
说，"那样我就可以辨认出方向。"

可是，在他们周围唯有一片耀眼的白色，哪儿都是白
色；而且，这个围绕着他们的白色的圈子还越来越小，越
来越小，最后变成了一个由一根根发光的线条组成的帷幕，
吞噬了一切，掩盖了一切，剩下来的只有那下个没完没了
的雪、雪、雪。

"等等，姗娜，"男孩说，"咱们停一停，听一下有没有
从山谷中传来的什么声音，比如一条狗叫，或者一只钟在
敲，或者水磨在嘎嘎响，或者有谁在喊叫。我们得听见点
什么声音，然后才知道该朝哪儿走。"

他们停下来，可什么也听不见。他们站了好一会儿，
可周围全无动静，没有任何声响，连最轻微最轻微的声响
也没有；他们能听见的只有自己的呼吸，对了，在一片死
寂中，他们觉得甚至听见了雪花落在自己眼睫毛上的声音。
外祖母的预言仍然不曾实现，风仍然没有刮起来，是的，

周围的整个空气都纹丝不动，这在那一地区真十分少见。

他们在等待好一阵以后，又继续往前走。

"听不见也没关系，姗娜，"男孩说，"只是别灰心，跟着我，我一定能领你回去。这雪要停了就好啦！"

小姗娜没灰心，而是努力迈开她的小脚，紧紧跟着哥哥。哥哥带领着她，在那白色的、闪亮的、抽动着的和看不透的空间里，一步步前进。

走着走着，面前蓦地出现一大块岩石，黑乎乎地兀立在发亮的、看不透的白幕中。孩子们走到跟前才发现，差一点儿没撞在上边，岩石就跟墙壁似的完全直立着，所以上面没沾一片雪。

"姗娜，姗娜，"哥哥说，"到山岩跟前啦，咱们只要往前走就成。"

兄妹俩继续前进，但不得不从岩石中间和岩石底下穿过。岩壁夹着他们，使他们既不能向右折，也不能向左转，只能在一条十分狭窄的小路上往前走。走了一些时候，崖壁退开了，兄妹俩再也找不见它们。它们来得突然，去得也突然。孩子们四周又只剩下一片白色，其中连一点点黑色的间隙也没有。天地之间仿佛充满着白光，然而却又三步开外什么都看不见。要是可以这么讲的话，真是一切全给这唯一的、白色的"黑暗"笼罩住了。没有任何阴影，所以无从判断物体的大小；小兄妹尽管不停地走着，却没法知道到底是在上山还是下山，直到脚下又出现一面斜坡，他们只得爬上去。

"我眼睛疼哩。"姗娜说。

"别瞅雪地，"哥哥教她，"要望着云。我的眼睛也疼了好久了；可是不要紧，我必须瞅着地上，因为我得注意找路。甭害怕，我一定能领你回格沙德去的。"

"嗯，康拉德。"

兄妹俩继续往前走，可是，他们再怎么走，再怎么转来转去，都仍然无法往下。在他们两边，是两道陡直向上的山埂，他们在中间走啊走啊，但始终都在往上。他们试着翻过山埂，向下折去，然而那儿的地势非常非常陡，他们不得已又转过另一方。他们的小脚常常碰着高低不平的地方，还不得不绕过一个一个的小丘。

他们还发现，当他们的脚陷进雪中较深的时候，他们在脚下感觉到的不是泥地，而是别的什么，就像那种冻硬了的积雪。但他们仍然继续走着，一个劲儿地、急急忙忙地走着。他们一旦停下来，四周便静悄悄的，要多静就有多静；当他们走着的时候，也只能听见自己喊喊嚓嚓的脚步声，除此一无声响；要知道，天空中的白色纱幕就那么静静地往下沉，你可以眼看着地上的雪不断增加。他们本身也已变成雪人，与整个的白色世界浑然一体，要是他俩离开几步远，就谁也看不见谁了。

幸好雪还干燥得跟沙子一样，很容易从他们的脚、鞋和袜子上滚落、滑掉，没有结成块和化成水。

终于，他们又碰上了一些物体。

那像是一些硕大无比的、横七竖八地躺在一起的乱石，全都让雪给盖住了，只在它们相互间的沟壑中，还听得见雪片簌簌簌落下的声音。俩孩子在发现它们以前，也差点儿撞在了上面。他们凑拢去看究竟是什么东西。

冰——纯粹是冰！

有一些呈方块状，顶上堆着雪，侧面却露出浅绿色的、光洁的本来面目；有一些则是小丘形，挤挤挨挨地躺在一起，就像一堆泡沫，但侧面却泛着微光，又跟一堆胡乱扔着的宝石和翡翠似的；还有一些是一个个圆球，全部让雪给裹住了。除此而外，尚有不少斜伸着的或直立着的各式各样的冰块，高高低低的，高的像格沙德村中的教堂，低的也如村里的房舍一般。有一些里边还有大大小小的窟窿，小的可以伸进一个人的胳膊、脑袋或者身子，大的连载满干草的牛车也能赶进去。它们紧紧挤在一起，有的翘了起来，形成"屋顶"或者"凸檐"，积雪从边缘上悬垂下来，就像伸着一只只白色的虎爪。甚至有一栋房子一般大的黑色巨岩，也让冰块挤得竖了起来，上宽下窄，所以侧面一点雪也留不住。而且不只这块岩石——嵌在冰堆中还有一些更大的，只不过后来才被发现罢了，合起来也多得足以形成一道石墙。

"这么多冰，以前准有许多许多水吧。"姗娜说。

"才不哩，这些冰不是水结成的。"哥哥回答，"这是山上的冰，原来就有的，天生就这个样子。"

"嗯，康拉德。"

"我们现在走到冰坡前啦，"男孩说，"我们已在山顶上。姗娜，你知道，就是我们在园子里看见的那座在阳光下雪白雪白的山。好好记住我给你讲的话，你还记得吗？我们午后怎样常常坐在园子里，天气是怎样的好，蜂儿怎样围着我们嗡嗡地叫，菩提树怎样香喷喷的，天上的太阳怎样闪着光。"

"嗯，康拉德，我记得。"

"那时候我们也看见这座山。我们看见它非常的蓝，蓝得就像柔和的天空一样；我们也看见山上的雪，虽然在我们山下正是夏天，天气热得要命，庄稼都成熟啦。"

"嗯，康拉德。"

"而在下边不再有雪的地方，就可看见各式各样的颜色，仔细瞧瞧，就有绿色，蓝色，灰白色——这就是冰坡。

从山下看冰坡只有很小一点点，因为离得非常远嘛；正像爸爸说过的，这些冰直到世界末日也不会跑开。我可是常常看见，冰坡下边的蓝色会消失，我想那里将现出岩石或者泥土和草地来吧。再下边是森林，森林一直往下蔓延，往下蔓延，里边也现出各种各样的岩石。紧接着是草地，草地已是绿色的了，接下来是绿色的阔叶林，再往下就到了我们的草地和田野上，到了格沙德山谷中。你瞧，姗娜，咱们这会儿站在冰前面，只要越过蓝色往下去，然后就会穿过里边有许多岩石的森林，就会越过草地，就会穿过绿色的阔叶林，最后就会走进格沙德山谷，轻轻松松地找到咱们的村子啦。"

"嗯，康拉德。"小姑娘应着。

兄妹俩于是朝冰谷走去。

在无比巨大的冰块间，他们只是两个移动着的小不点儿。

他们抬头望见那些像屋檐似的翘着的冰块，心中突然像是产生出要找个藏身之所的欲望，于是就走进冰堆中间一条又宽又深的壕沟里。壕沟看上去像是个干涸的河床，到处都盖着新的雪。在快出冰堆的地方，上面的冰块正好伸出来形成一个美丽的拱顶，使壕沟变成了地洞。孩子们顺着沟底走进洞中，越走越深，越走越深。洞中异常干燥，脚下是光溜溜的冰，洞中整个是蓝色的，蓝得世界上没有任何东西可与之相比，比蔚蓝的天空还深得多，美得多，就像是阳光照射下的蓝色水晶，洞顶垂下来粗细不等的冰凌，尖的、长的、流苏形的、锯齿状的。冰洞一定还很深，究竟多深孩子们不知道，他们没有继续往里走。洞中挺暖和，也没飘雪，待在里边倒也不错；只是蓝阴阴的令人恐惧，孩子们心里害怕，就走了出来。他们在壕沟里继续走了一段，然后爬上沟沿儿。

他们吃力地在冰堆中穿行着，绕过一尊尊巨岩，一块块坚冰。

"咱们会穿过去的，然后就很快向下啦。"康拉德说。

"嗯。"姗娜应着，把身子偎向哥哥。

出了冰堆，他们踩着深雪，冲着自以为通向山谷的方向走去。可走不多远，面前又横卧着一道又高又长的冰墙，不仅挡住了小兄妹的去路，左右两端还像要包抄过来，把他俩抱住似的。这道白色雪被覆盖下的冰墙，侧面却闪烁着绿阴阴、蓝幽幽、黑森森以至淡黄和淡红色的光。现在，孩子们能看得远一些了，因为，那漫天鹅毛大雪已经变稀、变小，只是还像普通下雪天一样纷纷扬扬地飘呀飘的。两个孩子以懵懂无知的巨大勇气，走向冰墙，企图翻越过去，在另一面继续往下走。他们把身体挤进空隙中，见着白雪覆盖的地方便伸脚去踏，也不管是石头或是冰。有的地方无法走，他们就手扒脚蹬往上爬。就这样极其艰难地，一点一点地，他们把自己的小身躯挪了上去，直到站在墙顶上。

他们原本是打算从另一面再爬下去的。

谁知却没有另一面。

在孩子的目力所及之处，哪儿都是冰。脚下踏着一片大得可怕的铺满雪的冰原，冰原上还耸立着尖塔状的、球状的和块状的冰。代替孩子们在下边想象的一道翻过去后就是雪地的冰墙，拔地而起的冰墙一道接着一道，墙面上崩开了许多裂口和沟穴，布满无数蓝色的、弯弯扭扭的曲线；这些墙后尚有同样的墙，直到被灰蒙蒙的雪幕遮住的远方。

"姗娜，咱们不能往前走了。"男孩说。

"是的。"妹妹回答。

"咱们必须退回去，另外找下山的路。"

"嗯，康拉德。"

两个孩子试图再从他们爬上来的地方爬下冰墙，但已经办不到了。仿佛他们已经忘记了上来的方向，到处全是冰。他们往这边走不对，往那边走也不对，好像完全让冰给围死了。他们爬下一堆冰，又到了另一堆冰中。好在男孩始终坚持着朝他认为是他们来的方向走，他们终于走到了只有一些零零落落的大冰块的地方；这些冰块比起冰坡边缘上常见的冰块来大得多，也怕人得多。两个孩子爬了好一阵，才爬到外边。在这儿，他们又碰上了一堆堆一生中见所未见的巨岩：有许多完全被白雪裹着；有许多裸露出下端倾斜的侧面，光光溜溜的，就像经过了精研细磨才推上山来的；有许多架在一起形如房舍和屋顶；还有许多重重叠叠，恰似一堆硕大无比的土豆。离俩孩子站立的地方不远，有几尊岩石相互支撑着，上边还平躺着几块宽宽的石板，俨然一间有顶有墙的小屋。小屋只在前面开着门，背后和其他几面都封严了。从顶上飘不进一片雪来，所以屋内十分干燥。孩子们非常高兴，他们已不在冰中，而是又站在大地上了。

可是，天这时也黑了。

"姗娜，"哥哥说，"咱们不能再往下走啦，天这么黑，咱们可能跌倒甚至会摔进沟里去的。咱们走到那些石块下边去吧，那儿又干燥又暖和，我们可以在里边等天亮。太阳很快又会出来，然后咱们就可以跑下去。别哭，我求求你，别哭，我把姥姥给我们的东西全部给你吃好不好？"

姗娜也真没有哭。只是在进了石屋以后，她就紧偎着哥哥坐在那儿，不出一点声音；本来，他们不仅可以在里边坐得舒舒服服，而且还可以走来走去的。

"妈妈不会生气，"康拉德说，"咱们可以给她讲，雪下得很大很大，咱们走不回去。她不会讲什么的，爸爸也不会讲什么的。要是咱们冷——你知道——你就得用双手拍打自己的身子，像那些伐木人一样。这么一来你肯定会暖和多啦。"

"嗯，康拉德。"小妹妹应着。

今天他俩再也下不了山，再也回不了家啦。可姗娜并不像他哥哥想的那样非常非常难过。要知道，刚才的过度劳累——孩子们压根儿不清楚自己累得有多厉害——使他们感觉现在坐着很舒服，舒服得简直没法说。因此，他们也就尽情地享受着这种美好的感觉。

可是，这时肚子也感觉到饿了。兄妹俩几乎同时从口袋中掏出各自的面包吃起来。接着又把外祖母塞在他们衣袋里的东西——几块小饼、一些个杏子和核桃，以及其他小零食——一口气通通吃掉了。

"姗娜，现在咱们可得把衣服上的雪抖一抖了，"哥哥说，"要不我们身上会变湿的。"

"嗯，康拉德。"妹妹回答。

俩孩子走出石屋，康拉德首先帮助妹妹清除身上的雪。他抓住她的衣襟抖了抖，把他戴在妹妹头上的帽子摘下来，磕去上面的雪，实在磕不掉的，就用一条头巾来掸。临了儿，他才尽可能地把自己身上的雪也清除干净。

这时雪已完全停了。孩子们感觉不到还有任何一片雪花落在自己身上。

他们重新回到石屋中，坐下来。刚才站了一下才使他们感觉到自己有多么疲倦，这么坐着真是快意极啦。康拉德放下小牛皮缝的背囊，从中取出姥姥包在一个盒子和几只小纸袋外面的披巾，把它缠在自己肩膀上，使身体暖和一点。他并且从背囊中掏出那两个白面包，一起递给小妹妹。小妹妹接过去便大口大口吃起来，吃完了一个，另一个也已咬掉一块。可剩下的她却递给了哥哥，因为她看见哥哥没有吃。康拉德接过面包，吃完了它。

打这时起，两个孩子才坐在那儿东瞅瞅，西瞧瞧。

在浓重的暮色中他们看不了多远，到处都是泛着白光的积雪。雪地中这儿那儿有几小块特别平，开始在昏暗中闪射出异样的光，仿佛是白天吸收够了光线，现在又从身上放射出来似的。

高山上的夜幕降临得总是很快，不多会儿四周便一片漆黑，只有积雪仍微微泛着白光。天空不仅停止了飞雪，云障也已开始变得稀薄、零散，孩子们甚至看见了一颗闪闪发光的小星。由于白雪真像在放射光芒，天上的云幕也已经拉开，孩子们从自己所在的石屋中就能看见，那一个个雪丘如何轮廓分明地衬映在黑暗的夜空中。石屋里比他们一整天待过的任何地方都暖和，小兄妹紧紧依偎着，不声不响地坐在一起，甚至忘记了对黑暗的恐惧。紧接着，天上的星星也开始增加，一会儿这儿出现一颗，一会儿那儿出现一颗，好像满天都不再有一点云雾似的。

此刻正是人们在山谷中点起灯来的时候。人们会先点燃一盏，放到桌子上，给房间照明。或者点着的只是一片木柴，只是一盏油灯上的小火苗；但只要有人住的房子，窗户中总会透出光来，在雪夜中显得分外明亮。特别是今天，在圣诞夜的前夕，会点起更多更多的灯来，以便把为孩子们摆在桌上或者挂在圣诞树枝间的礼物，照得通亮通亮。是的，今晚这会儿肯定已点起无数的灯，因为在每一所住宅中，在每一幢茅舍里，在每一间小屋里，都有一个或者几个孩子，将要得到圣婴送来的礼物，为此就得点上许多的灯。男孩本来相信他们很快就能下山去的，可今晚山谷里那许许多多的灯一盏也不会到他们山上来，他们只能看见白茫茫的雪地和黑沉沉的天空，其他一切一切都留在了远远的、看不见的山谷中。此刻，在所有的山谷里孩子们都在接受小耶稣送来的礼物，单单他俩坐在山上的冰坡旁边，而那些他们本来该今天得到的极其珍贵的礼品，这会儿却封在纸盒里，装在背囊中，躺在岩顶下。

冻云已完全降到四周的山脚，孩子们周围张开了一顶暗蓝暗蓝以至近乎黑色的天穹，繁星密布，闪闪烁烁，其间还呈现出一条宽宽的、明亮的、乳白色的带子，这带子他们在谷底里也见过，但却从来不曾像现在这样看得清清楚楚。夜，前进着。孩子们不知道，星星是不断向西方移动的；不然，他们就能通过看星星的位置，来判断夜里前进的速度了。可是，旧的星星隐去了，新的星星又出来，孩子们却以为永远是同一些星星。在星光映照下，他们的周围也亮一些了，然而，他们还是看不见山谷，看不见任何地方，看见的唯有雪——没完没了的雪。只是，在白茫茫的一片中，依稀可见着这儿那儿黑乎乎耸立起一只羊角，一个脑袋，或者一条胳臂。天上哪儿也不见月亮，也许和太阳一块儿早早地落下去了，也许还不曾露脸。

过了好一阵，男孩说："姗娜，你可千万别睡觉，你知道，爸爸怎么讲来着。人在高山上一睡，他就一定会给冻死，跟那个住在桦树林中的老猎手一样，他死了还坐在石头上，整整四个月谁都不晓得他上哪儿去了。"

"不，我不会睡。"小姑娘困乏地回答。

康拉德抓住妹妹的衣襟，晃了晃她的身子，使她清醒过来，明白他讲的话。

随即又一片沉寂。

过了一些时候，男孩感觉胳膊受到什么东西的压抑，而且越来越沉重。妹妹睡着了，倒在了他身上。

"姗娜，别睡啊，我求求你，别睡啊。"哥哥呼唤着。

"嗯，"妹妹迷迷糊糊地喃喃道，"我不睡。"

男孩抽开身子，想让她动一动，谁知小姑娘往地上一倒，躺在地上继续睡起来。他只好抱住她的肩膀，摇晃她。男孩这么用力活动了一下，才发觉自己也很冷，甚至他那条胳膊都已变得沉甸甸的。他吓了一跳，从地上跃了起来。他抓住妹妹，更加猛力地摇她，嘴里嚷着："姗娜，别睡了，站起来，咱们站一站就会好一些的。"

"我不冷，康拉德。"妹妹回答。

"你冷，冷，姗娜，快站起来。"哥哥大声喊着。

"皮袄穿着挺暖和的。"她说。

"让我来扶你。"男孩道。

"不。"小姑娘应着，然后便不吭声了。

这时，男孩儿心里另有了主意。姥姥可是说过，只要把浓咖啡喝上一小口，胃里就会非常非常暖和，天再冷身体也不会冻着的。

他取过小牛皮背囊，解开来，在里边掏了很久很久，找到了外祖母捎给他妈妈的那一小瓶黑咖啡精。他取出小

瓶，解掉捆在外面的封皮，用了好大的劲儿才扳开瓶塞。
然后他向姗娜弯下腰去，说："喏，咖啡，姥姥捎给妈妈的
咖啡，喝一点吧，它会使你暖和。只要妈妈知道我们为什
么喝它，她也一定会给我们喝的。"

小姑娘实在困得要命，答道："我不冷嘛。"

"只喝一点点，"男孩说，"喝了我让你睡觉。"

睡觉对姗娜可是有很大诱惑力，她强打起精神，把几
乎是灌进她嘴里的一点点咖啡咽了下去。随后，男孩自己
也喝了一小口。

这点极浓极浓的咖啡立刻起了作用，尤其孩子们一生
中从来还不曾尝过一口咖啡，所以作用就更加强烈。小姗
娜不睡觉了，而是精神兴奋，说自己身上很冷，但是身体
内却已开始暖和，手和脚也跟着暖起来了。兄妹俩甚至还
聊了一会儿天。

于是，一旦那咖啡的劲儿开始减弱，他们就拿起来又
喝一点儿，尽管味道是那么苦。如此一点儿一点儿地喝下
来，俩孩子稚嫩的神经被刺激得兴奋到了极点，以至抗拒
住了沉重的瞌睡的诱惑。

这时已到午夜。他们由于年龄还小，每逢圣诞夜尽管
都高兴到极点，但夜一深身体仍支持不住，不知不觉就睡
着了，所以从来没听见过节日之夜教堂的钟声和做弥撒的

管风琴声，虽然他们的家就在教堂旁边。今夜此刻，所有的钟又敲响了：米尔斯镇的钟敲响了，格沙德村的钟敲响了，还有山背后一个小教堂的三只声音清脆的小钟也叮当叮当地响了起来。在山外边那些遥远的国度里，还有无数的教堂和无数的钟，这会儿全都一起在敲着，声浪从一个村庄传到另一个村庄。是的，穿过落掉了叶子的树林，人们常常可以听见从遥远的地方送来的钟声。只是任何一点声音也不曾传到两个孩子身边来，因为这儿没有什么值得向人宣告的。此刻，在山谷中曲曲弯弯的小路上，已经有灯笼火把在一串串地游动，在有的院子里还拉响了小铃铛，提醒人们该上教堂去啦；可这一切在山上更看不见也听不见。这儿只看得见亮晶晶的星星，它们仍一个劲儿地闪烁着，眨着眼，不出一点儿声音。

尽管康拉德时刻叫自己想着那个冻死了的老猎人，尽管俩孩子一口一口几乎喝完了那一小瓶黑咖啡，加快了自身血液的流动，但是，也正因此，随后出现的困倦就更加厉害；倘使不是伟大的自然来帮助他们，在他们内心深处唤起一种巨大的毅力，使他们一次一次抗拒住了十分甜蜜的睡眠的诱惑，两个孩子无论如何都坚持不过来的。

在这笼罩一切的深沉的寂静中，在这连一团雪从高处掉下都无声息的死寂里，突然，孩子们听见背后的冰坡发出三声巨响。原来，这是那看上去最牢固，实际却最脆弱、最不稳定的冰川崩裂了，接连发出来三下十分可怕的响声，好像大地都裂开了一样。这声音在整个冰坡中散播着，通过它的无数小血管传遍了全身。俩孩子眼睛瞪得大大的，仰望着石屋外的星空。

对于他们的眼睛来说，这时也开始出现某种奇异的变化。当他们望着天空出神的时候，星群之间绽露出了一团淡淡的白光，白光随之又化作一道穿过星群的弧线，天空中射下来柔和的淡青色的光。那光弧越来越亮，越来越亮，直到周围的星星全黯然失色，害羞地隐去。光弧还把自己淡青色的光辉散射到天空的其他部位，散射到其他的星群中，如此柔和，如此富有生气。接着，在光弧的顶上，又出现一束束灿烂的光芒，就像一顶王冠上面的金色光芒一样。这光芒轻轻闪动着，照亮了邻近辽阔无声的夜空。不知是天空中的云朵，在一场空前的暴雪后化成了这道光弧，放射出无数美妙柔和的光芒来了呢，还是神秘莫测的大自然另有什么奥妙！渐渐地，光弧越来越弱，越来越弱，光芒也熄灭了。最后，光弧缩小得再也看不见，留在夜空中的仍旧是成千上万颗普通的星星。

俩孩子谁也不对谁说一句话。他们就这么一直坐着，瞪大两眼呆呆望着天空。

这以后再没出现任何异常现象。星星闪烁着，颤动着，眨巴着眼睛，只是时不时地有一颗流星从星群中划过。

夜空中长时间只有群星闪耀，月亮始终不曾露脸。这样过了很久很久，情形终于发生变化。天穹开始亮起来，亮得很慢很慢，但仍然可以察觉。已能辨认出天空的颜色了，最苍白的一批星星首先消逝，剩下来的也不再那么稠密。接着，更亮的星星也悄然隐去，高坡前的积雪看得越来越清楚了。最后，天空的一角染成了黄色，旁边的一片浮云更变成一根闪闪发光的金带。周围的一切又历历呈现在眼前，连远处的雪丘也在天空下变得轮廓分明了。

"姗娜，天亮啦。"男孩说。

"嗯，康拉德。"小姑娘应道。

"只要稍稍再亮一点，咱们就可以走出岩洞，下山去了。"

天更加亮了，满天不再有一颗星星，一切都沐浴在曙色中。

"喏，咱们现在走吧。"男孩说。

"好的，咱们走。"姗娜回答。

兄妹俩站起来，试着活动了一下此时才感到酸软的腿脚。尽管他们一晚上没睡，仍因清晨的到来而精神抖擞。男孩背好背囊，替妹妹把小皮袄扎得更紧一些，扎好就领着她出了岩洞。

他们一个心思只想着快下山去，也没考虑到是否该吃点东西，检查检查背囊中还有白面包或其他什么吃的没有。

天气十分晴朗，康拉德希望从山上能看见下面的山谷，以便从中认出格沙德村来，好直接走下去。谁知他却根本看不见，仿佛他们不是在山上从上边俯瞰下边，而是在一个陌生的、奇特的世界里，周围全是没见过的东西。今天，他们还看见了一些在远远的雪地上兀立着的更可怕的巨岩，看见了冰墙，看见了雪丘和雪坡，而在这一切的背后，要么是天空，要么是一座在极远处耸峙着的山峰的蓝色峰尖。

太阳出来了。一个巨大的、血红的圆盘，从雪坡的边缘升上天空，顷刻间孩子们周围的雪地都染成了红色，宛如撒上了亿万朵玫瑰花一样。山包和峰尖都在雪地里投下长长的淡青色的影子。

"姗娜，咱们现在继续往前走，走到山坡边就可以下去了。"男孩说。

兄妹俩踏着雪走去。一夜下来，地上的雪更干燥了，踩在上面更显得松软。兄妹俩使劲儿地往前赶着。走一走以后，他们感觉四肢已灵活有力一些。只是他们老走不到山的边缘上，老看不见下边，一片雪地接着一片雪地，雪地前面又总是蓝天。

他们不顾一切地往前走着。

突然之间，他们又到了冰坡上。他们不明白这些冰是怎么一下子跑出来的，但却感觉到脚下挺光滑；虽然还看不见跟他们过夜那地方一般大得怕人的冰块，但也这儿一堆，那儿一堆，并且越来越多，越来越逼近他们，使他们无可奈何，又只好从上面爬过。

可他们仍然不改变前进的方向。

他们翻过一座座大冰丘，最后竟站在了一片冰原上。今天，在灿烂的阳光下，他们才看清这冰原的真面目。原来它是无限的辽阔，在它的后边，又耸立着无数黑色的巨岩，一重接一重，就像波浪似的绵延开去。盖着雪的冰块从岩石与岩石之间挤了出来，似乎正在向前流动，似乎就要流过来把两个孩子淹没一般。在白茫茫的远方，他们看见有无数弯弯曲曲向前伸展的蓝色细线。在兀立着的冰丘和冰丘之间，也有一些像路似的线条，但它们是白色的，宽宽的。那儿的地更结实，冰块也没那么拥挤。孩子们于是就朝这些白色的小路走去，他们想反正得越过冰原，才能走到山边，最后回到山谷中。他们一句话不说。小妹妹紧跟着哥哥。可是，他们越往前走，面前的冰原却变得越来越宽。到这时，他们才放弃原来的方向，转身往回走。有的地方他们过不去，就只好扒开挡在面前的雪堆，自己开出一条路来。厚厚的雪垮掉以后，下边往往露出一条条深蓝色的冰缝，但他们顾不上这些，只是一个劲儿地努力扒呀扒呀，直到终于又出了冰原。

"姗娜，"男孩说，"咱们再不到冰里去，那里边没法通过。反正咱们怎么都看不见自己的山谷，那就索性直着下山去。这样总能走到一道山谷中，到那儿再告诉人家咱们是格沙德村的孩子，他们就会派一个向导送咱们回家了。"

"嗯，康拉德。"小妹妹应着。

于是，兄妹俩就顺着雪坡往下倾的方向走。康拉德用手牵着妹妹。可往下走了一些时候，斜坡就完了，面前又耸立着一道陡壁。孩子们只好改变方向，顺着一条山沟往横里走。然而，走着走着，又碰上了冰川。他们于是又爬上山沟一边的陡坡，想在另一边寻找往下去的路。他们在另一边的斜坡上走了一段，可坡度渐渐变得陡起来，最后简直站不住脚，再往前非摔下去不可。他们不得已又往上爬，以便另寻一条下山的路。他们在雪坡上爬了很久很久，终于来到一道平缓的山梁上。但在这儿又碰上了老问题：往这边，雪坡陡得肯定会摔下去；往那边，又要往上爬，弄不好就回到山上去了。如此的进退两难，没完没了，但小兄妹俩仍然没有泄气。

突然，康拉德想要寻找来的方向，以便回到那红色的

"不幸柱"跟前去。男孩琢磨着，今天没下雪，天空又这么晴朗，他们准能认出"不幸柱"所在的那地方来，到了那儿，就可以下格沙德山谷去了。

他把这个想法告诉了小妹妹，小妹妹完全听哥哥的。

只不过，下到"脖子"上去的路也一样不好找。

太阳光灿灿的，雪峰雄伟地耸立着，一片片雪原十分美丽，但他们就是认不出昨天所经过的地方来。昨天，可怕的大雪把一切都罩住了，几步开外什么都看不见，四周全罩上了一面白灰二色交织成的大网。孩子们只见过岩石，在岩石旁边和岩石堆里走过。可是今天他们也见过许多岩石，而且模样也跟昨天那些差不多呀。今天他们在雪地上留着清晰的足迹，昨天的足迹却全让飞雪给盖住了。是的，光凭地形他们是找不到通到"脖子"的路的，因为所有的地方全一个样子——雪，雪，净是雪。然而，兄妹俩仍旧前进着，坚信自己一定能走到目的地。他们绕开一道道深渊，不再爬任何一面峭壁。

他们走着走着又停下来，竖着耳朵朝远方倾听，可是，他们仍然听不见哪怕一点点最轻微的声音。他们什么都看不见，只有洁白明亮的雪，以及这儿那儿挺立在雪中的黑色巨岩，尖状的，条状的，无奇不有。

终于，男孩觉得在一面远远的、倾斜的雪坡上，看见了一点跳动的火苗。火苗一隐一现，使他们时而看见它，时而又看不见。他们停下来，目不转睛地盯着那个地方。火苗继续向前跳跃，而且仿佛越离越近，因为，他们看见它慢慢变得大起来，一上一下的跳跃也更明显。火苗隐去次数不再如开始时那么多，每次的时间也不再那么长。又过了一会儿，他们听见在寂静的、蓝色的空间，隐隐传来一点点非常非常微弱的声音，就像拖长的号角声。两个孩子出自本能似的一起尖叫起来。过了片刻，那声音又响起来了。兄妹俩再次拼命喊叫，并且站在原地不动。火苗也越靠越近。号声第三次吹响，这时已听得很清楚了。兄妹俩又高声叫着，作为对号声的回答。好长时间以后，他们才看清了那火焰。它不是什么火焰，而是一面红旗，一面在风中飘动的红旗。同时，号角声也近了，孩子们仍回答着。

"姗娜，"男孩说，"格沙德村的人来啦，我认识那面红旗。从前，一位外来的绅士由那个年轻猎人领着登嘎尔斯山，困在上面下不来，就竖起了这面红旗，神甫先生用望远镜一下就瞧见它了。后来，外来的绅士便把红旗当作礼物，留给了神甫先生。那会儿，你还是个小娃娃哩。"

"嗯，康拉德。"

再过一些时候，孩子们就看见了那些打着红旗的人，不过是一些移动着的小黑点罢了。号角仍不时地吹响，渐渐靠得更近了。兄妹俩也每次都给了回答。

终于，他们看见一队男人拄着棍子，从斜坡上向他们走下来，红旗就飘在他们中间。走近以后，兄妹俩认出了来人：拿着号角的是牧羊人菲利浦，随后是他的两个儿子，后边跟着年轻猎人和格沙德村的一些居民。

"感谢上帝，"菲利浦嚷着，"你俩原来在这儿呀！漫山遍野都有人在找你们。喏，哪个赶快到下边的牧场上去，敲起钟来，让那儿的人知道咱们已把他俩找到啦；另外再得有个人爬上虾子崖，在崖顶竖起红旗，以便山谷里的人看见了放它几炮，使那些在米尔斯镇一边森林中找的人也得到消息；同时还要在格沙德山谷中点燃烟火，浓烟升上天空，那些在山顶上找的人才看得见。要知道，今天到底是圣诞节啊！"

"我到牧场去。"一个说。

"我上虾子崖插旗。"另一个说。

"咱们其他人，愿上帝保佑，则想法把俩孩子带到牧场上去。"菲利浦讲。

菲利浦的一个儿子先独自向下边的牧场去了，他的另一个儿子则扛着红旗，穿过雪地。

年轻猎人牵着小姑娘，牧羊人菲利浦牵着男孩。其他人也尽可能地给予帮助。一行人踏上了归途。他们走的路线弯来扭去，一会儿朝着这个方向，一会儿又朝完全相反的方向；一会儿往下，一会儿又往上。在过一些很陡的斜坡时，大伙儿都在脚上缚了防滑铁，并把孩子背起来。走了好久好久，他们终于听见从下边传来一阵清脆、柔和的钟声，这是山脚下的人向他们发来的第一个信号。他们想必已往下走了很多很多路了，他们看见在自己上边有一座雪峰高高耸入云天，显得碧蓝碧蓝的。那钟声是从山间牧场传来的，大伙儿讲好了在那儿相会。当他们继续往下走的时候，又听见宁静的空中隐隐响起几下隆隆声，那是山谷中的人看见了红旗在放土炮。紧接着，空中便升起几根细细的烟柱。

又过了一会儿，当一行人走下一道缓坡时，就看见了牧场上的小房。大伙儿冲小房直奔下去。小房里烧着一堆火，孩子的妈妈已等在那里，一见年轻猎人牵着小兄妹走来，她便尖叫一声，仰面摔倒在雪地上。

跟着，她从地上爬起飞奔上去，从头到脚地细看两个孩子，一会儿要给他们吃的，一会儿要让他们烤火，一会儿要让他们躺到准备好的草铺上去。但是她马上就确信了，孩子们比她想象的要健康得多，高高兴兴的样子，所需的只是吃一些热东西，休息一下。她于是便让他们吃些东西，吃完又让他们睡。

孩子们休息了一阵，突然小房外的小钟又响个不停，原来是有另一队人要从山坡上下来了。两个孩子也跟着跑到外边，看下来的都是谁。走在头里的正是鞋匠，手拄登山杖，脚穿登山靴，登山家的雄姿不减当年，后边跟着他的熟人和朋友。

"塞巴斯蒂安，他们在这儿。"他妻子叫着。

塞巴斯蒂安却哑巴了似的，两腿哆嗦着，冲着孩子扑去。随后，他翕了翕嘴唇，像是想讲什么，可到底什么也没讲出来，只一把将俩孩子揽到自己身边，久久地拥抱着。随后，他把妻子也拉过来抱在一起，口里不住叫着："姗娜，姗娜！"

这么过了好一会儿，他才拾起掉在了雪中的帽子，走到男人堆里去，打算讲几句话。他能讲的仅仅是："乡亲们，朋友们，我感谢你们！"

大伙儿又让孩子们休息了一些时候。然后鞋匠说："这下只等人到齐，咱们就可以由主保佑着往回走了。"

"看来人还不曾齐，"牧羊人菲利浦说道，"不过其他人瞧见烟柱就知道孩子找到了，会自个儿往下走，走到这儿见小房空着，就会自个儿回家去。"

大伙儿于是准备动身。

山间牧场离格沙德村照说并不太远，夏天，村中的人从窗口就看得清它那片嫩绿的草毯、草毯上的灰色小房，以及一个小小的钟塔；只不过，在牧场下边有一面几十丈高的陡峭石壁，夏天只有戴着防滑铁链才能爬下去，冬天压根儿就甭想。因此，人们只得绕弯儿往"脖子"上走，到了"脖子"上的"不幸柱"再下到格沙德山谷。路途中，他们走上了另一片离格沙德村更近的牧场，近得仿佛连村舍的窗户都能看清似的。

在他们正越过牧场的时候，突然传来格沙德村小教堂悦耳动听的钟声，宣告圣诞节的游行开始了。

早上，牧师鉴于全村都人心不安，便把游行的时间推迟了，他想孩子总归会回来的。可是一等二等，都不见有消息，他就不得不照例尽职，敲起钟来。

听见游行的钟声，走在牧场上的人全都原地跪在雪中，进行祈祷。钟声响过了，他们才站起来继续前进。

一路上，鞋匠多数时间都抱着小女儿，听她讲迷路的全部情况。

在快进"脖子"上的树林的时候，他们发现地上有些脚印，鞋匠便说："这些脚印全不是我做的鞋留下的。"

情况马上就弄清楚了。果然，在他们七嘴八舌的说话声的吸引下，另外又走来一队男人。为首的是脸色苍白的老染匠，后面跟着他的一大群伙计和帮工，此外还有几位米尔斯镇的居民。

"他俩走到冰川和深涧那边去了还不知道。"鞋匠大声对岳父说。

"找到啦——找到啦——感谢上帝！"老染匠嚷着，"我早知道他们上山去了。当你的人深更半夜送来信，他们打着火把找遍了整个林子影儿都不见一个。后来天亮了，我就在红色'不幸柱'跟前，在向左上雪山去的路旁边，这儿那儿地发现了一些折断的枝枝丫丫，就像孩子们走在路上都喜欢干的那样——这下我就知道了——他们不可能到其他地方去，因为他们走在一条山沟里，两边都是陡壁，再往前便到了那道左右都是深渊的山脊上，根本下不来的。他们只能往上走，一发现这情况，我就马上派人去格沙德，可伐木工米歇尔去了回来说——他是在山上冰坡前边一点儿才赶上我们的——你们已经找到他们了，所以我们也下了山。"

"是的，"米歇尔补充道，"我是这么讲的，因为虾子崖上已经竖起红旗，格沙德的人说这是约好的信号嘛。我还告诉你们，所有山上的人都要从这条路下来，因为那面陡坡不好走嘛，是不是？"

"快跪下来，跪下来好好感谢主，我的好女婿，"老染匠继续唠唠叨叨，"幸好没刮风啊。这样大的雪真是百年不遇，要多密有多密。如果再刮一阵风，俩孩子就完喽……"

"对，咱们得感谢上帝，感谢上帝。"鞋匠赶快说。

自从女儿出嫁以后，老染匠一次也没到过格沙德，这回就决定陪大伙儿一块儿上格沙德去。

走到"不幸柱"跟前，在穿过树林的大道上已等着一驾鞋匠安排好的雪橇。大伙儿把母子三个安顿在雪橇中，再用雪橇里准备着的被子和皮袄把他们盖得严严实实，然后便打发人送他们先回格沙德村去了。

鞋匠一行跟在后面，下午才回到村里。

还有些仍在山上的人，看见烟柱知道没事儿了，也陆陆续续地下了山。回来最晚的一个是牧羊人菲利浦的儿子，他扛着红旗上了虾子崖，在崖头竖起红旗，回到村里已经是黄昏时分。

外祖母早坐车来到格沙德等着她的外孙。

"永远不让——一辈子也不让小孩子在大冷天再去翻'脖子'啦。"她后悔不迭地嚷。

人们这么手忙脚乱、咋咋呼呼，搞得两个孩子晕头转向，他们又吃了一点东西，就被打发上了床。傍晚，亲朋好友坐在鞋匠的房间里，热烈谈论着俩孩子遇险的事；当妈妈的这时却坐在卧室中的小床前，抚摩着已经清醒的姗娜的小脑瓜。这时，小姑娘突然说："妈妈，昨儿夜里，我和哥哥坐在山上那会儿，我看见小耶稣啦。"

"啊，是吗，我的心肝儿，我的宝贝儿，你真是好样儿的，"母亲回答，"他还给你送来了礼物哩，待会儿你就会得到。"

封好的盒子开启了，蜡烛已全部点燃，通向那个房间的门也敞着，两个孩子从床上就看到了里边那株美丽、明亮的圣诞树，虽然它晚了一天才点着。小兄妹虽然很疲乏，爸爸妈妈还是不得不给他们穿上衣服，好让他们出去接受礼物，欣赏欣赏那些宝贝，直到把它们抱在怀里呼呼睡着。

这天晚上格沙德村的酒馆比哪天都热闹。全村没上教堂去的人全聚在这儿。谁都不忘记讲自己这次看见了什么、听见了什么、做了些什么、出了什么主意，以及经历了怎样的危险。大伙儿一致特别强调的是，本来该怎样怎样做会更好一些。

这次事件对于格沙德村来说具有很不平常的历史意义，不仅长时间地给村民们以谈资，而且过了许多年，每当天高云淡，山看得特别清楚，或者有外来的旅客要了解山的奇特之处的时候，村民们都津津乐道这件事。

打那一天起，小兄妹才不再被当成外来崽，而被视为格沙德山谷土生土长的孩子了。又怎能不呢？他俩到底是大伙儿从山上救下来的啊!

　　就连孩子的妈妈大姗娜,如今也成了公认的格沙德人。

　　不过,兄妹俩却不会忘记那座大山。跟以往一样,每当阳光灿烂,屋后园子里的菩提树吐放清香,蜜蜂儿嗡嗡喧闹的时节,他们就会来到园中,仰望着这座蓝得如天空一般柔和的、非常非常美丽的雪山,望着望着,脸上便现出肃然起敬的神气。

莱辛寓言

[德国] 歌·埃·莱辛

代译序
号角与匕首

杨武能

寓言是人类最古老的文学样式之一。特征一般表现为篇幅短小而富有深义,大多讲述的是动物们的故事,实际却含蓄、委婉地述说着人世间的事情,若隐若现地表达作者的思想、观点或者讽喻、劝诫之意。成功的寓言故事不但充满智慧和哲理,而且往往还幽默、诙谐、风趣,能让读者既获得思想启迪,又享受审美愉悦。

各个民族都有自己的寓言,我国古代的典籍《庄子》《山海经》等里边寓言便不少,而在西方文学中,这一体裁最有名也最古老的样板,多半该算产生于古希腊时期的《伊索寓言》了。

莱辛(1729—1781)是举世公认的伟大寓言作家之一。他的寓言分散文体和诗体,总计100多篇,虽说数量不多,也并非他创作的主要成绩,却仍被看作为德国古典文学中的名著杰作,在世界的寓言宝库里占据着重要地位。

　　跟《伊索寓言》一样，18 世纪上半叶产生在德国的《莱辛寓言》，同样是一个个独立成篇的小故事，夺目耀眼好像一粒一粒的珍珠，但是却有一条红线串起这些珍珠，读者可以一下子提起这条珠串来。这红线具体讲就是贯穿在《莱辛寓言》里的启蒙思想和启蒙精神。莱辛是 18 世纪德国启蒙运动的重要代表。①寓言也和他的戏剧、理论著作一样，被莱辛用来作为传播启蒙思想的工具和武器。由于他的寓言短小犀利，富于警醒和号召的力量，常常被人誉为启蒙的号角和战斗中致敌于死命的匕首。

　　在莱辛的寓言中，斗争的矛头首先指向当时的反动统治阶级，指向封建专制制度及其精神支柱教会。狮、虎、狼等，常常被他用来描绘和讽喻统治者的专横、暴虐。请看其中的一篇《水蛇》：

　　　　宙斯给青蛙们另立了一位国王，派贪馋的水蛇接替和善的木桩。

　　　　"您既然想做我们的国王，为什么还要吃掉我们?"青蛙们提出抗议。

　　　　"为什么?"水蛇回答说，"就因为是你们自己请求

————————
　　① 莱辛的生平和创作详见附录《伟大的功绩　崇高的人格》。

派我来的。”

　　“我可没有请求派您来呀！”青蛙中有一个叫起来。

　　水蛇恶狠狠地瞪着它，像用眼睛就要吞掉它似的，说：“没有请求？那更好！我非得吃掉你不可，因为你没有请求派我来喽。”

　　这篇百来字的寓言，真是活灵活现地、入木三分地，刻画出了专制暴君既贪婪又凶残，并且还蛮不讲理的可恶嘴脸。

　　莱辛一生光明磊落，疾恶如仇，十分痛恨统治阶级特别是教会里的伪善行为。他因此用来鞭笞形形色色的伪善现象的作品也格外多，如像《羊》《垂死的狼》《狼和牧羊人》以及《秘密》《隐士》等，都是其中富有代表性的篇什。

　　尽管莱辛爱憎分明，斗争的主要对象始终是反动统治者，但他对下层民众和他自己所代表的资产阶级的弱点也并非视而不见，不闻不问，而是严肃地加以揭露，无情地进行讽刺。诸如愚昧、懦弱、爱好虚荣和缺少行动能力等德国小市民的习气，在驴、羊、兔、鹅和鹿身上，都生动形象地得到了表现，遭到了辛辣的讽刺。

　　莱辛是一位杰出的文艺理论家和批评家，他在寓言创作中自然也不放弃对当时德国文坛的鄙陋现象的针砭。《猴子和狐狸》批评热衷于模仿外国、缺少创作个性和民族特点的文艺家,《夜莺和云雀》批评文艺脱离民众,《麻雀与田鼠》批评作家的故步自封和批评界的短视等,都言简意赅,一针见血。

《莱辛寓言》的题材相当广泛,内涵丰富而深刻,以上仅仅谈了它的几个主要方面。此外,他在诸如《赫尔库勒斯》和《老狼的故事》等篇目里,还宣扬了带有启蒙运动时代特色的宽容精神等,就不再一一述及了。

莱辛还对寓言的理论研究有所建树,发表过一系列著名的论文,而他出版的寓言集的首篇《缪斯显形》,更开宗明义地阐明了他对于寓言创作的观点,可称作一篇“关于寓言的寓言”。莱辛的创作实践表明,他确实坚持了自己的理论主张,因此作品,尤其是散文体部分,都显示出了平实、精练又尖锐、深刻的特点。他对法国的寓言大家拉封丹似乎不以为然,对古希腊的伊索却极为钦仰,创作受伊索的影响极大。《葡萄》《男孩和蛇》《乌鸦和狐狸》《狼和羊》等,明显地都是根据《伊索寓言》改写的,但是却又赋予了它们新意,叫熟悉《伊索寓言》的人读来感觉格外有趣。请看《伊索寓言》中那篇妇孺皆知的《狼和羊》,在

莱辛的笔下怎么变得别有一番滋味：

> 羊口渴了，来到小河边。出于同样的原因，对岸又
> 来了一头狼。有河水隔着，羊觉得安全，便存心要挖苦
> 一下狼，它冲着河那边的强盗大声喊道："狼先生，我
> 该没有弄浑你的水吧？仔细瞧瞧我，看我是不是六周
> 前在背后骂过你？我没骂至少我爸爸也骂过是不是？"
>
> 狼明白羊的讥讽。它望着宽宽的河面，咬牙切齿。
> "算你运气，"它回答，"咱们狼已经习惯了对你们羊耐
> 心和蔼。"说完，狼大摇大摆地走了。

就这样以旧瓶装上味道醇美、绵长的新酒，莱辛对
《伊索寓言》的借用和改造可谓十分成功，十分机智。

正因为具有上述这样一些艺术特色，《莱辛寓言》于内
涵深刻的同时又具有明白易懂的可读性，耐人咀嚼的趣味
性。它们虽然产生于近三百年前封建落后的德国，所包容
的人生哲理和智慧却并未过时，像每一部古典名著一样将
永葆其艺术魅力和光彩。它们一篇篇是如此短小可喜，我
们一册在手，不论茶余饭后，旅行途中，还是在就寝之前，
都可以花几分钟读上一两篇，从中可获得有益的思想启迪，
隽永的审美享受。

重订感言

《莱辛寓言》这本小书，由湖南少年儿童出版社初版于20世纪80年代，而其中的《水蛇》等8篇，则发表在1962年的《世界文学》上面。这题名《寓言八则》的德国文学名著的翻译，可算是我真正拿得出手的"处女作"了。

由鲁迅创刊、茅盾曾任主编的《世界文学》，在改革开放前的中国乃是唯一可以发表文学翻译作品的期刊，而当时我仅仅是南京大学的一名在校大学生，能在如此权威的刊物上看见白纸黑字地印出来的自己的习作，他人难以想象我是多么激动，多么惊喜！

眼下又为收进"杨译童书经典"而修订、再版《莱辛寓言》，不能想象年已耄耋的译翁会无动于衷，会不感慨万千！

2018 年 6 月 5 日于重庆东和春天

│ 散文本寓言 │

缪斯显形

　　我时常在森林中偷听鸟兽们的谈话。一天，我又躺在森林最幽寂的深处，躺在一道小小的瀑布旁，努力给我的一则寓言装点上一些诗意，就像差点儿把寓言娇惯坏了的拉封丹①十分喜欢做的那样。我冥思苦想，我搜索选择，我挑剔摒弃，我头昏脑涨——白费力气，完全写不出任何东西。我气急败坏，一跳而起，可瞧啊，突然间，掌管寓言的缪斯女神②自己出现在了我面前。

　　她微笑着对我说："徒弟，干吗吃力不讨好呢？真理需要寓言的美，寓言又何须和谐的美呢？你这是往佐料中间再加佐料。只要是诗人的发现就够了，讲的方式尽可以朴

---

　　① 拉封丹（Jean de La Fontaine，1621－1695），法国享誉世界的杰出寓言作家。——译者注

　　② 缪斯是希腊神话中掌管文艺的女神，一共九位。寓言当在掌管叙事文学的缪斯卡利俄珀管辖之下。——译者注

实无华，就像哲人的智慧那样。"

我正想回答，缪斯女神却已失去踪影。

"失去了踪影？"我听见一位读者在问，"你多半只是想愚弄愚弄我们吧！你由于无能才得出那些肤浅的结论，却把它们塞进缪斯的嘴里！不过是个司空见惯的骗人把戏……"

对极了，我的读者！我眼前确实没有出现过任何缪斯。我讲的只是一则寓言，从中你自己已得到教益。人们爱把自己的怪念头说成是显形的神灵的妙语，而我既非其中的第一个，也不会是最后一个。

土拨鼠和蚂蚁

"你们这些可怜的蚂蚁哟，"土拨鼠说，"你们整个夏天拼命干活儿，才搜集到这么一丁点儿东西，值得吗？真该让你们去瞧瞧我的收藏！"

"听着，"一只蚂蚁回答，"如果你藏的食物比你需要的还多，那就活该让人们来掏你的窝，搬走你仓库里的所有东西，并叫你为了你那强盗般的贪婪送掉性命!"

狮子和兔子

一头狮子纡尊降贵，把一只可笑的兔子当作自己的密友。

"难道是真的吗?"一天兔子问狮子，"一只可怜的公鸡喔喔一叫，就会把你们狮子吓得逃跑?"

"当然是真的，"狮子回答，"附带讲一讲，咱们这些大动物身上通常总有某种小缺点。例如象吧，你也许听说过，它就对猪那咕哝咕哝的叫声害怕得要命。"

"真的?"兔子打断了狮子，"对了，这下我算明白咱们兔子为什么那样怕狗啦。"

驴和马

一头毛驴不自量力，竟敢和一匹专供打猎的骏马赛跑。较量的结果很可悲，驴子遭到了耻笑。

"我现在真的找到失败的原因了，"驴子说，"几个月前我的脚扎进了一根刺，眼下还痛呢。"

"请原谅，"里德霍特①神父说，"如果我今天的布道不够深刻感人，没有满足大家对一位莫斯海姆②的荣幸的模仿者所抱的期望。那不过是因为我嗓子哑了，各位听见的，哑了已有八天。"

---

① 是莱辛同时代的教士。——译者注
② 是莱辛同时代的教士，以善于布道著称。——译者注

宙斯和马

"人类和牲畜的父亲啊，"马走近宙斯的宝座，说，"世人都讲，我是你用来装点世界的最漂亮的生物之一；自爱也让我相信这是真的。可尽管如此，我身上难道不是还有这样那样值得改进的地方吗？"

"你到底指哪些地方值得改进呢？说吧，我愿意领教。"和善的神微笑着回答。

马继续讲："要是我的腿再长一些、瘦一些，我也许跑得更快；要是我长上长长的天鹅脖子，我也不至于变丑；要是胸脯更宽，我会更有力气；还有，你既然让我命中注定去驮人——你的宠儿，那么，你不妨干脆让我背上长出一个鞍子来，免得仁慈的骑手自己装上去。"

"好，"宙斯回答，"耐心等着吧！"说着，宙斯表情严肃地念起了造物的咒语。紧接着，生机涌进尘土，有机物开始结合起来，蓦然间，宝座前出现了一头丑陋的骆驼。

马一见骆驼，又害怕又厌恶，不禁浑身哆嗦。

"这儿是更长、更瘦的腿，"宙斯说，"这儿是长长的天鹅脖子，这儿是更宽的胸脯，这儿是天生的鞍子！马，要我把你变成这个样子吗？"

马仍然浑身哆嗦。

"去吧，"宙斯接着说，"这次只教训教训你，不给你惩罚。可是为了使你时时反省你的狂妄，就让这个新的生物也继续活在世上吧。"宙斯宽容地瞥了骆驼一眼，说："让马看见你总是胆战心惊。"

猴子和狐狸

"你说说看，有哪一种灵巧的动物是我猴子不能模仿的？"猴子对狐狸夸口说。

狐狸却反问道："那么你也说说看，有哪种低贱的动物会想起来模仿你猴子？"

我们民族的作家啊！难道还要我讲得更明白么？

夜莺和孔雀

一只爱交际的夜莺在森林的歌手中招来了一大堆嫉妒者，却找不到任何一个朋友。也许在其他鸟类中我会找到朋友的，夜莺想，于是它飞下去对孔雀表示友好。

"美丽的孔雀啊，我赞赏你！"夜莺说。

"我也赞赏你，可爱的夜莺！"孔雀应道。

"那就让咱俩做朋友吧，"夜莺继续说，"我和你不会相互嫉妒：你悦人眼目，我饱人耳福。"

夜莺和孔雀果真成了朋友。

克涅勒①和蒲伯②的交情因此也超过了蒲伯和艾迪生③。

---

① 克涅勒（G. Kneller，1646—1723），德国肖像画家，1676 年后生活在伦敦。

② 蒲伯（A. Pope，1688—1744），英国诗人。

③ 艾迪生（J. Addison，1672—1719），英国诗人，因为《荷马史诗》的翻译问题与蒲伯发生过激烈争论。——译者注

狼和牧羊人

一场可怕的瘟疫，使牧羊人丧失了整个羊群。狼得到消息跑来悼念。

"牧羊人，"它说，"你真的遭到如此可怕的不幸吗？你失去了你的整个羊群吗？这些可爱的、温驯的、肥美的羊呵！我真为你难过，真想为你哭泣，哭得流出血泪。"

"多谢你，狼先生，"牧羊人回答，"看得出来，你很富于同情心。"

"它确实富于同情心，"牧羊人的狗补充说，"不过只是在别人倒霉它也跟着遭殃的时候。"

骏马和公牛

勇敢的男孩骑着一匹火红的骏马，骄傲地奔驰而来。一头粗野的公牛见了冲着马喊："真可耻！我才不肯让一个孩子驾驭呐！"

"可我肯，"骏马回答，"再说，把一个孩子摔下来，又会带给我什么荣誉呢?"

蟋蟀和夜莺

"我向你保证，"蟋蟀对夜莺说，"我的歌声完全不缺少欣赏者。"

"说说他们是谁吧?"夜莺回答。

"那些勤劳的割麦人听我唱歌就津津有味儿，"蟋蟀道，"而且，他们是人类之国最有用的人，这你大概不想否认吧?"

"这点我确实不否认，"夜莺说，"可正因此，你就不能由于得到他们的喝彩而感到骄傲。专心一意地劳动的诚实的人，绝不会有那样的闲情逸致。你还是先别为你的歌声自我陶醉，除非本身笛子就吹得很好的、无忧无虑的牧羊人也怀着欣喜，倾听你的歌唱。"

夜莺和秃鹫

一只秃鹫猛地扑向一只正在唱歌的夜莺，说："你的歌声这么甜美，你的肉吃起来一定更美吧!"

秃鹫的话是恶毒的挖苦呢，还是头脑简单？我不知道。但昨天我听人说："这位夫人的诗写得无与伦比，她绝不可能是个俏丽迷人的女性!"这才肯定是头脑简单!

勇武的狼

"我永远缅怀我的父亲，"一头小狼对狐狸说，"它是位真正的英雄啊！在附近一带，它叫谁见了都害怕！它一个一个地战胜了两百多个敌人，把它们黑色的灵魂送入了腐败的国度。可真奇怪，它最终竟然不得不败在一个敌人脚下！"

"你这是致悼词者的说法，"狐狸讲，"换成一位严谨的历史学家就会补充：它一个个战胜的敌人都是绵羊和毛驴，那个使它败北的敌人，就是它敢于去攻击的第一头公牛。"

凤　凰

　　许多个世纪过去了，凤凰又欣然回到世界上。它一露面，鸟兽们立刻将它团团围住。它们瞪着它瞧，它们惊讶不止，它们羡慕之极，还发出没完没了的赞叹。

　　可是不久，连最善良、最友爱的鸟兽也不忍再瞧它，叹息道："不幸的凤凰哟！残酷的命运使它没有爱人，也没有朋友。它是自己同类中唯一的一个！"

鹅

　　一只鹅有着令新雪羞愧的洁白羽毛。它为大自然这耀眼炫目的赏赐得意扬扬，竟以为自己生来是只天鹅，而不是平平凡凡的自己。它离开同类，孤独而高傲地在水池里游来游

去。一会儿它伸直脖子，拼命想使这令它难堪的短家伙变得长起来；一会儿它又努力将脖子弯来扭去，想使它像天鹅这阿波罗①的神鸟一样优美无比。然而白费力气，它的脖子太僵硬，任随怎么使劲它仍然是一只可笑的鹅，没能变成天鹅。

橡树和猪

贪吃的猪在一棵高大的橡树下饱餐着从树上掉下来的橡实。它嘴里嚼着这颗，眼睛已经盯着另一颗。

"忘恩负义的畜生！"橡树终于冲下边吼起来，"你用我的果实养活自己，却连抬起头来感激地瞅我一眼都不肯。"

猪愣了愣，然后嘟嘟囔囔地答道："只要我知道你是为了我才让橡实掉下来的，就不会没有感激的目光。"

---

① 阿波罗，希腊神话中的太阳神。——译者注

黄　蜂

一匹战马在勇敢的骑士跨下被射死了。它那高贵的躯体已经溃烂，腐朽。生生不息的大自然总是利用一种动物的残骸，去繁衍另一种动物。于是从被遗弃的战马的腐尸内，便飞出来一群小黄蜂。

"哦，"黄蜂们嚷道，"瞧咱们的出身有多神圣！这匹漂亮无比的骏马，尼普顿①的宠驹，它是咱们的生育者。"

麻　雀

一座曾经给麻雀们提供无数巢穴的老教堂进行了修缮。当麻雀归来的时候，教堂已经面目一新。它们寻找自己的

---

①　尼普顿，罗马神话中的海神。——译者注

旧巢，却发现全被堵起来了。

"这幢大建筑还有什么用喽?"麻雀们嚷起来，"快走吧，快离开这没用的大石堆!"

鸵 鸟

"这下我就要高飞啦!"巨大的鸵鸟高声宣布。于是鸟国的全体居民都聚在它周围，认真地期待着。

"这下我就要高飞啦!"鸵鸟又宣布了一次，同时展开它那宽阔有力的羽翼往前一冲，然而它却像艘张着帆的船一样始终行进在地面上，未能离开大地一步。

瞧瞧那些缺少诗意的脑袋所产生的诗作吧！他们在自己那宏伟颂歌的一开头就自我吹嘘，就骄傲地振动翅膀，活像要飞上云霄似的，实际上呢却永远依恋着大地。

麻雀和鸵鸟

"你尽管为你身体的高大强壮骄傲好啦,"麻雀对鸵鸟说,"可是比起你来,我更算得上一只鸟。要知道你不能飞,我却能飞,虽说我飞得不高,虽说只是一蹿一蹿地飞。"

比起一首冗长而平淡的赫尔曼颂①的作者来,一位写快乐酒歌和爱情小诗的轻佻诗人更算得上天才。

狗

"瞧咱们的族类在国内退化得有多厉害哟!"一只旅行归来的卷毛狗说,"在世界上一个遥远遥远的地方,人们称

_____

① 以歌颂战胜罗马人的日耳曼统帅赫尔曼为内容的仿古诗。这类诗作不少带有民族主义情绪。——译者注

那地方叫印度，那儿才有真正的狗呐。我的兄弟们，你们不会相信我，可我确实亲眼见过这些狗，它们连狮子也不怕，还勇敢地向它挑战哩。"

"可是，"一条稳重的猎狗问卷毛狗，"它们也能够战胜它吗？战胜狮子吗？"

"战胜？"卷毛狗反问，"这话我可不敢说。不过嘛，请想一想，竟敢攻击狮子！"

"噢，"猎狗继续说，"如果不能战胜狮子，那么你称赞的印度狗——并不比咱们强一丁点儿，相反倒要愚蠢得多。"

狐狸和鹳

"给我讲讲你观光过的所有国家的情况吧。"狐狸对远游归来的鹳说。

鹳于是大讲它到过的一个个水洼,一片片湿润的草地,大讲它在那儿享用过的美味的蚯蚓和肥胖的青蛙。

您在巴黎待过很长时间,我的先生。请问巴黎哪家餐馆最好?什么牌子的酒最对您的口味?

猫头鹰和掘宝者

掘宝者是个特不通情理的人。一次,他大胆潜入一座古老的强盗骑士宫堡的废墟,在那儿看见一只猫头鹰正抓住一只瘦老鼠在吞食。"这怎么成?"他说,"密涅瓦①通达哲理的爱鸟怎能这样干?"

"为什么不能?"猫头鹰反问,"难道因为我爱深思默想,就可以喝西北风过活吗?尽管我知道,你们人类就这样要求你们的学者……"

小　燕

"你们在那儿做啥呢?"小燕问忙忙碌碌的蚁群。

"我们在贮备食物准备过冬。"蚂蚁立即回答。

"这样做很聪明,"小燕说,"我也要照着干。"说着就开始把大量的死蜘蛛和死苍蝇搬回窝里去。

"这是干吗呀?"母燕终于忍不住问。

"干吗?贮藏起来度过寒冬呗,亲爱的妈妈。你也来搜集吧!是蚂蚁教我长了这个心眼儿。"小燕回答。

"噢,把这种小聪明留给地上的蚂蚁吧,"母燕回答,

_____

①　罗马神话中的智慧女神,即希腊神话中的雅典娜。——译者注

"对它们适合的，不见得就适合于高贵的燕子。慈爱的大自然安排给我们的是更好的命运。一当食物丰富的夏天过去了，我们便离开此地。在旅途中我们渐渐进入冬眠，将会有温暖的沼泽接纳我们。在那儿我们无忧无虑地静养，直到新的春天唤醒我们，让我们开始新的生活。"

美罗普斯

"我必须请教请教你，"一只小鹰告诉一头思想深刻、知识渊博的老雕，"听说有一种叫美罗普斯的鸟，它飞向空中时总是尾巴朝上，脑袋朝下。是真的吗？"

"唉，没有的事！"老雕回答，"那是人们愚蠢的编造。他们可能自己就是这样的美罗普斯。他们想飞上天想到了极点，眼睛却又一刻也不肯离开地面。"

鹈鹕

对于成才的孩子，父母亲怎么关怀都不过分。反过来，一个痴情的父亲为不成器的儿子呕心沥血，那么爱就变成愚蠢了。

一只慈祥的鹈鹕发现它的孩子们身体虚弱，就用利喙撕开自己的胸脯，拿自己的血去滋养它们。

"我赞赏你的慈爱，"一只老鹰大声对鹈鹕说，"同时可怜你瞎了眼。你不瞧瞧，在你孵化出来的孩子中，也有好些低贱的鸤鸠①哩！"

确实是这样，冷酷的鸤鸠也真把自己的蛋偷偷塞在了鹈鹕的羽翼下。忘恩负义的鸤鸠的生命，值得鹈鹕花如此高昂的代价去换取吗？

---

① 杜鹃的一种。——译者注

狮子和老虎

狮子和兔子都习惯于睁着眼睛睡觉。一天，狮子剧烈奔跑追逐猎物累了，便睁着眼睡在它那可怕的洞穴的入口。

碰巧有一只老虎打前面跑过，它嘲笑起狮子睡觉不安稳来。

"好个无所畏惧的狮子！"老虎喊道，"睡觉时不是还睁着眼睛么？自然喽，跟兔子一个样嘛！"

"跟兔子一个样？"狮子一跃而起，咆哮着掐住了嘲笑者的咽喉。老虎在血泊中挣扎，泄了愤的狮子却又躺下睡它的觉去啦。

公牛和牡鹿

一头笨重的公牛和一只敏捷的牡鹿一道在草地上吃草。

"牡鹿，"公牛说，"要是狮子来攻击咱们，咱俩就团结一心，勇敢地抵抗它吧。"

"可别指望我这样做，"牡鹿回答，"既然逃走更加安全，我干吗冒险去与狮子做力量悬殊的较量呢?"

驴和狼

驴子碰见一头饿狼。

"同情同情我哟，"浑身颤抖的驴子说，"我是一头可怜的有病的驴子，你瞧瞧，多么大的一根刺扎进了我的脚掌里!"

"是呵，你怪可怜的，"狼回答说，"正因此，我从良心上感到有责任解除你的痛苦。"

话音未落，驴已被狼撕得粉碎。

棋盘上的马

两个男孩想下棋。因为缺少一匹马，他们就用一个多余的卒子做上记号代替。

"嗨，"其他马嚷嚷着，"哪儿来的，你这位走卒先生?"

男孩听了这些嘲讽话，厉声说："住嘴! 它为我们出的力难道和你们有什么两样吗?"

伊索和驴

驴告诉伊索："你要是又用我写寓言，那就让我说一些富于理智和含义深刻的话吧。"

"让你说含义深刻的话！"伊索说道，"那怎么行呢？人家岂不会讲，你变成了道德教师，我却变成驴子了吗?"

铜　　像

一尊出自某位杰出艺术家之子的铜像，让熊熊的烈焰熔化成了一块铜坯。铜坯落到另一位艺术家手中。这位艺术家凭着自己精湛的技艺，用它铸出了一尊新的铜像。与先前那尊相比，新铜像只是表现的对象不同，在艺术趣味和美的方面却毫无差别。

嫉妒见了恨得咬牙切齿。最后，它总算想出了个聊以自慰的解释："要不是老铜像的材料让这位好人得心应手，他连这件差强人意的作品也休想弄出来。"

赫尔库勒斯①

赫尔库勒斯被接纳进了天庭。当着所有的神灵，他首先向朱诺致敬。整个天界和朱诺都对此感到惊讶。

"你怎么对你的敌人特别有礼貌?"好几位天神大声问他。

"是的，我就是要这样对她，"赫尔库勒斯回答，"只因为她迫害我，才使我有机会完成那些业绩，赢得了升入天庭的权利。"

奥林匹斯的众神赞赏这位新伙伴的回答，朱诺也因此消解了对他的怨恨。

---

① 赫尔库勒斯系希腊神话中天神宙斯和王后阿尔克墨涅所生之子，因此受到天后朱诺的嫉恨和迫害。他力大无比，克服重重困难完成了十二件伟业，终于也成了神。——译者注

男孩和蛇

男孩在玩一条温驯的蛇。

"我可爱的小畜生，"男孩说，"要不是你的毒牙给拔掉了，我才不会跟你这样亲近哩。你们蛇都是些最凶残、最忘恩负义的东西！我读过一则寓言，讲一个贫穷的农夫出于怜悯，从篱笆上捡来一条冻僵了的蛇揣在自己温暖的怀里，这条蛇也许就是你的祖先吧。可这凶恶的家伙刚一苏醒，立刻咬了它的恩人一口，善良的农夫不得不死去。"

"我感到惊讶，"蛇说，"你们写寓言的人竟如此不公正！要让我们来写就完全是另一个样子。你那位善人以为蛇真已经冻死，加上那又是一条色彩艳丽的蛇，他就把它揣进怀中，准备回家去剥下美丽的蛇皮。难道不是这样吗?"

"呸，住嘴，"男孩反驳说，"没哪个忘恩负义的家伙找不到理由为自己开脱。"

"说得对，我的儿子，"在一旁听了这场争论的父亲抢过话头，"不过呢，当你听到一桩异乎寻常的忘恩负义的事例时，你可得先把全部情况都调查清楚，然后才给人家烙上那可憎的耻辱的印记。真正的行善者很少遇上忘恩负义之徒。是的，为了人类的荣誉，我希望自己永远不会遇上。反过来，那些怀有利己的小算盘的行善者，我的儿子，却活该受到别人忘恩负义的对待。"

垂死的狼

狼奄奄一息地躺在病床上，回顾着往事。

"我当然是一个罪人，"它说，"可我仍然希望自己不是罪大恶极的动物中的一个。我确实做过坏事，可好事也做了不少呀。记得有一次，一只迷途的羔羊咩咩地叫着打我旁边经过，隔得那么近，我简直就可以把它掐死。可我呢，却硬是连一根羊毛也没动它。就在这个时候，一头绵羊对我嘲笑谩骂，我同样宽宏大量，听之任之，虽然眼前并没有猎狗。"

"是的是的，我完全可以替你做证，"帮助料理后事的狐狸朋友插进来说，"而且我还清清楚楚地记得当时的全部细节哩。那正好是你给一根骨头卡得很痛苦的时候。这根骨头，后来还是好心的白鹤替你从喉咙里钳出来的。"

公牛和牛犊

强壮的公牛在挤进低矮的圈门时用角抵碎了门楣。

"看看吧，牧人！"一只牛犊叫起来，"我可不会给你闯这样的祸的。"

"要是你也能这样干，我就太高兴喽！"牧人回答。

牛犊和那些渺小的哲学家正好一个腔调。

"可恶的培尔①！你以自己大胆的怀疑伤了多少正直之士的心啊！"他们说。

噢，先生们，如果你们人人都能成为培尔，我们真非常乐意伤心伤心！

———————————

① 培尔（Pierre Bayle，1647－1708），法国启蒙思想家和哲学家。——译者注

孔雀和乌鸦

一只骄傲的乌鸦用色彩斑斓的孔雀脱落的羽毛装扮自己。它以为装扮得挺不错了，便大胆地混进天后朱诺漂亮的鸟群中去，可是却被认了出来。孔雀们立刻一拥而上，用利喙啄它，撕下了它身上骗人的装饰。

"够啦！"乌鸦终于嚷起来，"你们已收回你们的全部所有。"

可是孔雀发现乌鸦本身的翅膀上还长着几根漂亮羽毛，就说："住嘴，傻婆娘，这几根也不可能是你自己的！"孔雀一边说，一边不停地啄。

与驴为伍的雄狮

伊索的雄狮带着驴来到森林里,利用驴可怕的叫声帮助自己捕猎其他动物。一只自作聪明的乌鸦从树上冲着狮子喊:"好一个漂亮伙计!你和一头驴走在一起,难道不害羞吗?"

"我用得着谁,我就恩准它和我在一起。"狮子回答。

所有大人物在抬举小人物,让他与他们为伍时,心里都是这么想的。

与雄狮为伍的驴

驴跟着伊索的雄狮走进森林，让雄狮把自己当作猎号。另一头与它相识的驴碰见它，对它喊："早上好，我的老哥！"

"不知羞耻！"它竟回答。

"干吗这样？"那头驴不肯罢休，"难道因为你跟狮子在一起，就比我优越？就不只是一头驴了吗？"

瞎母鸡

一只习惯扒地觅食的母鸡瞎了眼。尽管如此，它仍然勤勤恳恳，不停地扒呀扒呀。可对它这个勤劳的傻瓜又有什么好处呢？另一只明眼的母鸡珍惜自己娇嫩的脚爪，一直守在它身边，虽然从不扒地，却享受着扒地的成果。要知道瞎母鸡每扒出一粒粮食来，明眼母鸡立刻便吃掉了。

驴

驴们到宙斯面前诉苦，说人类对它们太残忍啦。

"我们强壮的脊背驮负他们的重荷，"驴说，"换上他们自己和任何虚弱一些的动物，都准会被压垮。不仅如此，他们还无情地鞭打我们，迫使我们快跑，就算大自然赋予了我们快跑的本领吧，在那重荷之下也快不起来不是。请您禁止人类这么恣意妄为，宙斯，要是他们也愿意改变改变自己的话。我们之所以还情愿替人类效劳，就因为您看来是为此而创造了我们的。只不过无缘无故地挨打，我们却不乐意。"

"我的造物，"宙斯回答驴的发言人说，"你们的请求并非没有道理。可是呢，我看也没有办法使人类相信，你们天生的缓慢不是在偷懒；只要他们还抱着这个成见，你们就只好永远挨打。不过我仍然想改善改善你们的命运，打眼下起，我就让你们变得感觉迟钝吧。你们的皮将会坚硬

起来，不怕鞭打，反倒叫鞭打你们的人胳膊疼痛。"

"感谢宙斯！"驴们叫起来，"您真是永远仁慈和英明！"说完，它们高高兴兴地离开了宙斯的宝座——那施予众生博爱的宝座。

受保护的羔羊

狼犬希拉克斯守护着一只温驯的羔羊。里科得斯和它长得一样，毛皮、嘴巴和耳朵都更像狼，而不像狗。里科得斯一看见希拉克斯，就冲上前去。

"好你个狼！"里科得斯吼道，"你想把这只羊羔怎么样？"

"你自己才是狼！"希拉克斯回答。两条狗都认错了对方。"滚开！不然就让你知道，我是它的保护者！"

里科得斯想从希拉克斯手中强夺走羊羔，希拉克斯却死拽着不放。这样一来，可怜的羊羔——多么出色的保护者啊！——结果给撕得粉碎。

朱庇特①和阿波罗

朱庇特和阿波罗争论他俩谁是最好的射手。

"让咱们比试比试吧!"阿波罗提议。他说着便张开了弓,一箭正中靶心,叫朱庇特根本没可能再超过。

"我看见了,"朱庇特说,"你射得确实很不错。要超过你我得费些气力。不过我还是想下一次再试试。"

聪明的朱庇特,他还要试一试!

水 蛇

宙斯给青蛙们另立了一位国王,派贪馋的水蛇接替和善的木桩。

---

① 朱庇特系罗马神话中的主神,相当于希腊神里的宙斯。——译者注

"您既然想做我们的国王，为什么还要吃掉我们？"青蛙们提出抗议。

"为什么？"水蛇回答说，"就因为是你们自己请求派我来的。"

"我可没有请求派您来呀！"青蛙中有一个叫起来。

水蛇恶狠狠地瞪着它，像用眼睛就要吞掉它似的，说："没有请求？那更好！我非得吃掉你不可，因为你没有请求派我来喽。"

狐狸和脸壳

很久很久以前，狐狸捡到了一个张着大嘴的、空空的戏脸壳。

"这算个什么脑袋！"狐狸一边瞧，一边说，"没有脑子，嘴却张得大大的！这难道不是一个夸夸其谈者的脑袋吗？"

狐狸认出了你们，你们这些说不完道不尽的家伙，你们折磨着我们最纯真无邪的器官——耳朵。

乌鸦和狐狸

愤怒的园丁扔一块拌了毒的肉在地上，准备毒死邻居的几只猫。这块肉却让乌鸦给抓跑了。

乌鸦飞到一株老橡树上，正想吃那肉，这时狐狸踅了过来，对它喊道："您好啊，朱庇特的鸟儿！"

"你当我是谁来着？"乌鸦问。

"当您是谁？"狐狸反问，"难道您不是那只雄鹰？不是您每天从宙斯的右边肩膀飞来这株橡树上，施舍食物给我这可怜虫吗？您干吗装作不是的样子呢？在您那战无不胜的爪子里，您以为我没看见，是您主人派您继续送给我的赏赐物吗？"

乌鸦吃了一惊，心里却暗暗为自己被当成了雄鹰而感到高兴。"我绝不能让狐狸醒悟过来。"它想，于是就大度而愚蠢地将赃物丢给狐狸，骄傲地飞走了。

狐狸笑着接住了肉，得意忘形地大嚼起来。可没过一会儿，得意变成痛楚：毒药发作啦，狐狸丢掉了老命。

被诅咒的马屁精，但愿你用阿谀奉承换来的，永远只是毒药。

吝啬鬼

"我真的不幸啊!"一个吝啬鬼对他的邻居叫苦抱怨，"夜里有人把我埋在花园里的财宝给挖走啦，在原来的地方埋了一块该死的石头。"

"你反正不会用你那些财宝，"邻居回答说，"你就把那块石头想象成财宝吧。这样子，你也就一个钱没有丢。"

"要是我真的一个钱没有丢，"吝啬鬼驳斥说，"那小子不就一个钱没弄到吗? 事实上他发了大财! 我真气得发疯。"

乌　鸦

狐狸看见乌鸦偷食神坛上的供品，过着寄生生活，于是暗想："我倒要搞清楚，它乌鸦因为是一只能预言未来的鸟才得以分享供品呢，还是因为它竟然恬不知耻地分食神的供品，才被当作了能预言未来的鸟?"

宙斯和绵羊

绵羊不得不忍受所有动物的欺凌。它于是来到宙斯跟前，请求宙斯减轻它的苦难。

宙斯看上去挺乐意，对绵羊说："我温驯的造物，看起来，我是把你造得太缺少自卫能力啦。这样吧，你来选择

一种克服这个缺点的办法。让我在你嘴里装上可怕的獠牙，在你脚上装上尖利的爪子好不好?"

"噢，不"，绵羊回答，"我完全不想跟那些猛兽一个样子。"

"要不，就让我给你的唾液加进毒素吧?"宙斯继续说。

"唉!"绵羊道，"毒蛇才叫遭人恨呐!"

"那可叫我怎么办? 我想在你额头安上角，并且让你的脖子变得强劲起来。"

"也不要，仁慈的父亲。那么一来，我就很容易变得像山羊一样好斗。"

"可是，"宙斯说，"你想要保护自己不受别的动物伤害，就必须有伤害别的动物的能力。"

"你说我必须!"绵羊叹了口气，说，"唉，仁慈的父亲啊，那就让我还是老样子吧。因为我担心，伤害别的动物的能力，会唤起伤害别的动物的欲望，与其去行不义不如忍受不义。"

宙斯祝福了温驯的绵羊。从此，绵羊便忘记了诉苦抱怨。

狐狸和老虎

狐狸对老虎说:"我真希望能像你那样身强力壮,跑得飞快。"

"除此以外我再没什么令你羡慕了吗?"老虎问。

"什么也没有!"狐狸说。

"连我美丽的皮毛也不羡慕吗?"老虎继续问,"它可跟你的内心一样花哨呀,它会使你表里如一,对你再适合不过。"

"正因此我才敬谢不敏喽,"狐狸回答,"我就是不愿显露本相。相反,我倒巴不得上帝把我的皮毛换成羽翎哩。"

人和狗

一个人被狗咬了，盛怒之下打死了那条狗。他的伤势看上去挺危险，只好请医生诊治。

"我知道的最好办法是拿一块面包在伤口里浸一浸，然后扔给咬你的狗吃，"凭经验办事的医生说，"要是这种感应疗法都不生效，那可就……"说到这儿，他耸了耸肩膀。

"该死的盛怒呀!"被狗咬伤的人叫了起来，"这法子不会有效了，因为我已经把狗打死了。"

葡　萄

我认识一位诗人。他那一班渺小的模仿者为他大吹大擂，给他造成了远比嫉妒和蔑视他的批评者多得多的伤害。

"那不过是些酸家伙罢啦!"狐狸蹦了跳了好久仍然摘

不着葡萄，就说。

它的话让麻雀听见了。麻雀道："你说这些葡萄是酸的吗？我看才不哩！"说着就飞过去吃起来。它觉得味道甜极了，于是喊来成百的好吃零嘴儿的兄弟。"快尝尝！"它喊道，"快尝尝！这么甜美的葡萄狐狸竟骂它是酸的。"

大伙儿都吃起来。不多一会儿，葡萄架一片狼藉，再也没狐狸在下面蹦来跳去。

狐　狸

一只被追赶的狐狸逃上了墙。为了安全地跳到另一边的地上去，它抓住墙跟前一棵带刺的灌木。顺着这灌木，它成功地溜了下去，只不过刺把它扎得很痛。

"可悲的救助者！"狐狸吼道，"你们就非得在救人的同时伤害人么！"

绵　羊

朱庇特庆祝结婚纪念日，动物们纷纷送来贺礼，唯独不见绵羊到来，朱诺心里挺不高兴。

"绵羊跑到哪里去了？"女神问道，"虔诚的绵羊为什么还不来送它的礼物？"

狗接过话头说："天后息怒！我今天还见过绵羊。它样子很悲伤，老是咩咩地叹气。"

"绵羊它干吗叹气呢？"已经受了感动的女神问。

"'我这个穷光蛋呵！'它说，'我现在既没有毛，也没有奶，叫我拿什么去送朱庇特好呢？我不如去找牧人，请他把我宰了献给朱庇特吧。'"

说话间，一股甜美的香味儿钻进朱庇特的鼻孔，原来是已经成了供品的羊肉的香味，随着牧人的祈祷一起飘上天来了。

倘使泪水也能沾湿她那不朽的眼睛，天后朱诺此刻该是热泪盈眶了吧。

山 羊

山羊请求宙斯也让它们长上角。这就是说，当初山羊头上是没有角的。

"好好考虑考虑你们的请求吧，"宙斯说，"和角这份礼物不可分割地连在一起的，还有一点别的什么，它未必会令你们满意哩。"

可是山羊坚持自己的请求，宙斯于是说："那你们就长出角来吧！"

山羊真长出了角——还有胡子！要知道，当初山羊也没有胡子。噢，这丑陋的胡子多么令它们难过哟！难过得山羊完全忘记了那高傲的角所带来的喜悦！

野苹果树

在一棵野苹果树空空的树干里，住着一群蜜蜂。它们使树干藏满了珍贵的蜂蜜，野苹果树因此骄傲起来，再也瞧不起任何别的树。

一棵玫瑰冲它喊道："为借来的甜蜜而骄傲，可悲！你的果实难道因此就不那么酸涩了吗？有本事，就让蜂蜜长进你的果实里去，那样人们才会祝福你！"

鹿和狐狸

鹿对狐狸说："这下咱们弱小动物该倒霉啦！狮子和狼勾结在了一起。"

"和狼吗?"狐狸问,"那还不要紧!狮子爱吼,狼爱嗥叫,你们一听见常常还来得及逃掉。要是什么时候强大的狮子想到和鬼鬼祟祟的山猫勾结起来,那才真要咱们大伙儿的命。"

荆　棘

"告诉我好不好,你对过路人的衣服干吗那样贪婪?"杨柳问荆棘,"你想拿它们来干什么? 它们对你有何用处?"

"毫无用处!"荆棘回答, "我也并不想夺取路人的衣服,我只是想撕破它们而已。"

复仇女神

普路托①对神的使者说："我的复仇女神都已经又老又迟钝。我需要新的。去吧，墨丘利②，去世上给我选三个能干的女性来。"

墨丘利去了。

在那之后不久，朱诺也对她的使女说："伊丽丝，你相信在凡人中能找出两三个严守贞操和德行的姑娘来吗？要严守贞操！懂不懂？茜塞恩③夸口说整个女性都让她征服了，我偏要找几个来叫她好看。给我走遍天涯海角，直到找着她们。"

伊丽丝也来到了世上。

地球上有哪个角落忠诚的伊丽丝不曾寻找过啊！然而

---

① 普路托，罗马神话中的冥王。——译者注
② 墨丘利，罗马神话中的神使。——译者注
③ 茜塞恩，爱神维纳斯的别称。——译者注

白费功夫！她独自一人回到天上，朱诺冲着她大喊："怎么会呢？呵，贞操！呵，德行！"

"报告女神，"伊丽丝回答，"本来我是可以给您带来三位姑娘，三位完全严守贞操和德行的姑娘，她们全都一辈子没对任何男人微笑过，全都心中没燃起过哪怕一点点儿爱情的火花。可是很遗憾，我去晚了。"

"去晚了？"朱诺问，"怎么回事？"

"正好让墨丘利替普路托先挑走了。"

"普路托？他要这些守贞操的女子做什么？"

"做复仇女神。"

提莱西阿斯

提莱西阿斯①拄着手杖在野外行走。他信步走进了一座圣林。在林中的一个三岔路口，他看见两条蛇在交尾，便举起手杖来打那热恋的一对儿。这下可出奇迹啦！他的手

①　提莱西阿斯，荷马史诗中的盲先知。——译者注

杖刚一碰着蛇，提莱西阿斯自己已变成一个女人。

　　九个月后，女的提莱西阿斯又穿过那座圣林，在同一个三岔路口，她这次看见两条蛇在格斗。提莱西阿斯再次举起手杖，朝那对势不两立的仇敌打去，瞧——真是奇迹！手杖刚一把格斗的蛇分开，女的提莱西阿斯马上还原成了男人。

密涅瓦①

　　别理睬你因不断增长的荣誉而出现的那班渺小而心怀恶意的嫉妒者，朋友！你干吗要用你的才智，去使他们本该被遗忘的名字永世不朽呢？

　　在巨人族反对众神的荒唐战争中，巨人们放出一条恶龙去咬密涅瓦。密涅瓦却一把将龙抓住，猛地把它甩上了天空。如今，龙还在天上闪闪发光。这样，本来常常是对伟大业绩的奖赏，却成了龙所受到的惩罚，真令人羡慕。

---

　　① 密涅瓦，罗马神话中的智慧女神，即希腊神话中的雅典娜。

弓 的 主 人

一个人有一张挺不错的乌木硬弓。用这张弓，他射得既远又准。因此他非常珍惜这张弓。可是有一天，他仔细地观察了弓以后，说："你确实粗笨了点！光溜溜的，没有任何装饰。遗憾！不过嘛，也有办法补救。"他想："我要去找最杰出的雕刻家，请他在弓上刻一些图案。"

他果真去了，雕刻家在他弓上刻了一幅完整的狩猎图，还有什么比一幅狩猎图更适合于刻在弓上呢？

弓的主人满心欢喜："你就该有这样的装饰，我亲爱的弓！"他想试用一下，于是将弓拉开，而弓却断了。

夜莺和云雀

对那些喜欢天马行空、完全不为绝大多数读者理解的诗人们，我们该说什么好呢？

没什么好说的，只有夜莺曾经对云雀说过的这句话："朋友，你飞得那么高，难道就是为了不让人听见你唱歌吗？"

所罗门显灵

一个诚实的老人忍受着正午的酷热，亲手在自己地里耕作，亲手将纯净的种子撒进疏松肥沃的泥土里。

蓦地，在一棵菩提树宽阔的树荫下，出现了一个幽灵，惊得老人一下子愣住啦！

"我是所罗门①，"幽灵语气亲切地说，"你在这儿干什么，老人家？"

"你要是所罗门，还问什么？"老人反问，"在我年轻的时候，是你自己叫我去蚂蚁那儿，看它们忙忙碌碌干活儿，学习它们勤奋和积攒东西的本领，那时怎么学的，我现在还怎么干。"

"可你只学了个半吊子，"幽灵回答，"再上蚂蚁那儿去一次，也学学它们在生命的冬天如何休息，并且享受自己的积蓄吧。"

仙女的礼物

两位仁慈的仙女来到一个小王子的摇篮边。这位王子将来会成为自己王国最伟大的统治者。

"我送给我这个宠儿雄鹰一般犀利的目光，"一位仙女

① 所罗门（Salomon，约公元前 905－约公元前 925 年在位）为古代以色列的国王，以智慧著称。——译者注

说，"在他广大的国土上，将来连最小的蚊虫也休想逃出他的眼睛。"

"你这礼物好极了，"另一位仙女打断她的话，说，"王子会成为一位富有远见卓识的君主。不过嘛，鹰不仅拥有看得见最小蚊虫的犀利目光，还有不屑于追逐小小蚊虫的高傲。就让王子从我这儿得到这另一份礼物吧！"

"我感谢你，姐姐，感谢你这聪明的限定，"第一位仙女说，"可不是吗？许多国王原本会伟大得多，要是他们不经常纡尊降贵，以他们的远见卓识去管那些琐屑的小事的话。"

绵羊和燕子

燕子飞到一头绵羊身上，打算拔一些羊毛去铺它的窝。绵羊跳过来跳过去，非常不乐意。

"干吗对我这么吝啬呀？"燕子问，"你就允许牧人把你身上的毛通通剪光，却一小撮毛都不肯给我。为什么哟？"

"为什么？"绵羊回答，"就为你不懂得像牧人那样好好从我身上取毛。"

乌 鸦

乌鸦发现鹰孵卵孵了整整三十天。它说："原来如此！小鹰的目光犀利，身体健壮，原因无疑就在这里。好的！我也要如法炮制。"

从那以后，乌鸦真的就花整整三十天来孵卵啦。可是它孵出来的，仍旧是一些可怜的小乌鸦。

动物界的等级之争
——寓言四则

1

为了分出个谁高谁低，动物之间发生了激烈的争论。

"那就请人来帮助做评判吧，"马说，"他不是争论的当事者，准会不偏不倚。"

"可他也有足够的智慧吗？"鼹鼠提出异议，"他确实需要头脑十分敏锐，才能认识到我们身上那些常常是深藏不露的美德啊。"

"说得对极了！"土拨鼠赶紧附和。

"是的是的！"刺猬也嚷起来，"我绝不相信人有足够的判断力。"

"你们给我住嘴！"马命令道，"我们清楚得很：谁对自己的事情最没有把握，谁就动辄怀疑裁判的判断力。"

2

人于是当上了裁判。

"还有一句话，"威严的狮子冲人吼道，"在你做出评判之前我得问一问！人，你打算依据什么来确定我们的价值呢？"

"依据什么？毫无疑问是依据你们对我的用处的多少呀。"人回答。

"好极啦！"狮子感到受了侮辱，悻悻地说，"如此一来，我不知要低驴子多少等喽！你不配当我们的裁判，人！快给我离开会场！"

3

人离开了。

"嗐,你瞧怎么样,马?"鼹鼠幸灾乐祸地说,土拨鼠和刺猬又一起附和着它,"狮子也认为人不配做我们的裁判。狮子的看法和咱们一样。"

"可是理由比你们高尚!"狮子轻蔑地瞥了它们一眼,说。

4

狮子继续说道:"我认真想了想,咱们关于等级高低的争论十分无聊!无论你们说我高贵也好,低贱也好,在我看来都一个样。我自己了解自己,这就够啦!"说完,狮子便走出了会场。

紧跟着狮子走的是聪明的大象、勇敢的老虎、庄重的棕熊、机灵的狐狸、高贵的骏马,一句话,所有感觉到或者自以为感受到自身价值的动物,通通都走了。

落在最后边并且对会议半途而废最有怨言的,是猴子和驴。

熊和象

"那些不通情理的人哟！"熊对象说，"哪样事情他们不曾带着我们这些高等动物干过!？我，庄重的熊，竟不得不和着音乐跳舞！而且他们明明知道，这种玩意儿和我高贵的身份极不相称。要不，他们干吗一见我跳舞就发笑呢？"

"我也和着音乐跳舞，"明达的象回答说，"而且我相信，我也像你一样庄重，一样高贵。可是他们却从不笑我，而只在脸上露出欣喜的赞赏。相信我吧，熊老弟：人们不是笑你跳舞，而是笑你跳起来那么笨拙。"

鸵　鸟

　　跑得像箭一样快的驯鹿看着鸵鸟，说："鸵鸟跑得并不多么出色。不过，毫无疑问，它飞起来一定更像个样子。"

　　另一次，鹰看见鸵鸟，说："鸵鸟看来并不会飞，不过我相信，它一定很擅长跑。"

善　行
——寓言两则

1

　　"在动物中间，你知道还有比我们更伟大的慈善家吗？"蜜蜂问人。

"有!"人回答。

"那么是谁呢?"

"绵羊!因为它的毛为我所必需,而你的蜜却只能给我享受而已。"

2

"你想不想知道,我还有一个理由把绵羊看作是比你蜜蜂更伟大的慈善家?绵羊把自己的毛送给我,却不给我造成一点点麻烦。而你呢,在送我蜜时老让我担心你的刺。"

橡 树

在一个风暴之夜,狂怒的北风在一株高大的橡树身上显示了它的威力。而今,橡树倒在了地上,一大片小灌木被它的身躯压得七零八落。清晨,狐狸从它那位于不远处的洞穴中爬出来,看见橡树后发出惊叹:"好了不起的一棵树啊!我从来没想到它会这么高大!"

老狼的故事
——寓言七则

1

凶残的狼上了年纪，打定主意要和牧人们友好相处啦。它立刻上了路，去找离它洞穴最近的那群羊的牧羊人。

"牧羊人，"它说，"你称我为嗜血成性的强盗，其实我才不是哩。诚然，当我饿了的时候，我不得不吃你的绵羊，要知道，饥饿是很难受的啊。你只要保证我不挨饿，只要把我喂得饱饱的，我就一定让你很满意。要知道，我在吃饱了的时候，确确实实是再温驯、再善良不过的动物啦。"

"你在吃饱了的时候？那完全可能，"牧羊人回答，"可是什么时候你才会饱呢？你那么贪得无厌，从不知足。还是给我滚开吧！"

2

遭到拒斥的老狼去找第二个牧羊人。

　　"你知道的，牧羊人，"它开始说，"我一年总要吃掉你好些羊。要是你肯每年送六只羊给我，我就心满意足啦。这一来你就可以睡上安稳觉，狗也可以放心大胆地不养喽。"

　　"六只羊？"牧羊人问，"那可是整整一群啊！"

　　"好好好，因为是你，我就减少到五只吧。"狼说。

　　"开玩笑，五只！我一年到头送给潘①的供品还不到五只哩。"

　　"四只也不行吗？"狼继续问。牧羊人讥讽地摇着脑袋。

　　"三只？两只？"

　　"一只也休想，"牧羊人终于回答，"因为，对于一个凭自己的警惕就足以防范的敌人，我还承诺向它纳税进贡，那就太愚蠢了。"

---

　　①　潘为希腊神话中的森林和畜牧之神。——译者注

3

"好事总是成三,"老狼想,于是走到第三个牧羊人那里。

"真叫我难过,"它说,"我在你们牧羊人中间竟背了个最残忍、最没良心的动物的骂名。对你,蒙唐兄,我要马上证明我有多么冤枉。你每年给我一只羊,我就让你的羊群自由自在、平平安安地在我那座林子里吃草;因为除了我,那地方再没谁值得担心了。一只羊!多么微不足道!难道我还不够大度,不够无私吗?——你笑,牧羊人?你到底笑什么?"

"噢,没什么!可你多大年纪了呢,好朋友?"牧羊人问。

"我的年纪跟你有什么关系?反正还没老到连你那些可爱的小羊羔都咬不死的程度。"

"别发火,老狼先生!我感到遗憾的是,你来提你这个建议晚了几年。你那残缺不全的牙齿出卖了你。你装出大度无私的样子,只不过是想更舒服地填饱肚子而又少担些风险罢了。"

4

老狼气急败坏，可仍然耐着性子，去找第四个牧羊人。这个牧羊人忠心耿耿的狗刚好死了，狼便想利用这个机会。

"牧羊人，"它说，"我和自己在森林里的那些兄弟们闹翻了，决心一辈子不再跟它们和好。我清楚你有多么害怕它们！可你要是让我来接替你那死去的狗的差事，我就向你担保，它们再不敢哪怕只是斜着眼睛瞅一瞅你的羊群。"

"你的意思是，你愿意保护我的羊不受你森林中的兄弟侵犯喽?"牧羊人问。

"那是自然，还会有什么别的意思?"

"这倒不坏！可是呢，如果我把你安排到我的羊群里去，那么请告诉我，谁又来保护我那些可怜的羔羊不受你的侵犯呢? 为了防范屋子外边的贼而请一个贼进家里来，这种事咱们人认为是……"

"够啦够啦，"狼说，"你开始说教了。再见!"

5

"我要不是这么老，哼!"狼咬牙切齿，说，"不过我得顺应时势，遗憾。"说着，它已到了第五个牧羊人那里。

"你认识我吗，牧羊人?"狼问。

"你这一类的我还能不认识!"牧羊人回答。

"我这一类的? 这我可就太怀疑了。我可是一只非常非常特别的狼,有资格享有你和所有牧羊人的友谊。"

"你究竟特别在什么地方呢?"

"我从来不忍心咬死和吃掉活羊,即使我饿得要命。我只用死羊来养活自己,这难道不值得称赞吗? 所以请允许我不时地到你的羊群中去待一待,了解一下你的……"

"少废话!"牧羊人打断它,"要是你不想我成为你的敌人,那你就压根儿别吃羊,连死羊也一样。一头动物,它既然能吃我的死羊,便很容易学会一饿肚子就将病羊当作死羊,将好羊当作病羊的。别指望跟我交朋友了,滚吧!"

6

"这下我就得使出我的绝招,以便达到目的!"老狼一边想,一边来到第六个牧羊人那里。

"牧羊人,你觉得我这张皮怎么样?"它问。

"你的皮?"牧羊人说,"让我瞧瞧! 挺美的,你让狗咬的次数想必不多。"

"那我告诉你,牧羊人,我老了,不会再活多久啦。喂养我到死吧,我把我的皮遗赠给你。"

"哎,瞧瞧!"牧羊人回答,"你简直比老吝啬鬼还精

呐！不，不，要那样，到头来我付的代价将是这张皮的七八倍。要是你当真想送点什么给我，那就现在拿来吧。"说着，牧羊人已伸手去抓棍子，老狼只好溜走。

7

"哦，这些家伙真狠心！"老狼狂叫着，怒不可遏，"既然这样，我就宁肯至死与他们为敌，免得给活活饿死，他们反正不希望有更好的了结。"

狼立刻行动，闯进一个个牧羊人的家里，咬死了他们的孩子。为了打死它，牧羊人也费了老大的劲儿。

这时候，牧羊人中最聪明的一个说："看来啊咱们犯了错误，不该逼这老强盗走上绝路，剥夺它所有改过的手段，尽管它改过出于被迫，而且还嫌太晚。"

鼠

一只富于哲学头脑的老鼠赞美仁慈的大自然，说大自然把鼠类创造成了一种能够长存世间的优秀动物。

"因为本家族的一半都从大自然那儿得到了翅膀，"老鼠说，"即使我们在地上全都给猫吃掉了，大自然也可以让蝙蝠轻而易举地再繁衍出我这个被灭绝了的族类来。"

这只憨厚的老鼠不知道，世间也有长着翅膀的猫哩。我们的骄傲，多半都出于我们的无知。

燕 子

相信我吧，朋友们，广大的世界不适合于智者，不适合于诗人！他们不了解世界真正的价值，唉！他们经常愚蠢到拿这种价值去换取一些毫无价值的东西。

远古时代，燕子像夜莺一样，也曾经是只嗓音悦耳、歌喉婉转的鸟儿。可它很快就厌倦了在幽寂丛林中的生活，因为那儿除去勤劳的农夫和纯朴的牧羊女，就再没谁来聆听和欣赏它唱歌。它离开自己更有耐性的朋友，搬进了城里。结果怎样？由于城里的人没工夫听燕子美妙的歌曲，它就渐渐丢掉唱歌的本领，而学会了筑巢。

鹰

有人问鹰："你干吗总是在高高的空中教育你的孩子?"

鹰回答："要是我在离地面不远的低处教育它们,它们长大以后还有勇气去接近太阳吗?"

幼鹿和老鹿

仁慈的大自然让一只老鹿活了好几个世纪。一天,它对它的一个孙子说:"我还清清楚楚地回忆得起过去的时代，那会儿人类还没有发明雷鸣般的火铳。"

"对于我们这个族类，那该是何等幸福的时光啊!"孙子感叹道。

"别匆匆忙忙下结论!"老鹿说，"那个时代是不一样，但未必更好。人们那会儿没有火铳，却有弓箭，咱们的日子和现在一样不好过。"

孔雀和公鸡

有一次，孔雀对母鸡说:"瞧瞧吧，你的公鸡走来走去有多么骄傲，多么趾高气扬! 可人们并不讲'骄傲的公鸡'，却总是讲'骄傲的孔雀'。"

"人们这样做，只是因为他们忽视了一种理由充足的骄傲。"母鸡回答说，"公鸡骄傲是因为它富有警惕性和男子气概，而你又凭什么骄傲呢? 凭五颜六色的羽毛吗?"

鹿

大自然让一头鹿长得异乎寻常的高大，并且在脖子上披挂着长长的毛。鹿于是心里想："你完全可以让人把你当成一头驼鹿啦。"为了冒充驼鹿，这个爱虚荣的家伙又干了什么呢？它悲哀地低垂着头，装出经常性情暴躁的样子。

一些可笑的纨绔子弟经常以为，他们要是不抱怨脑袋疼和得了忧郁症，人家就不会当他们是才子。

鹰和狐狸

"不要为你那飞行的本领扬扬得意！"狐狸对鹰说，"要知道你飞得那么高，不过是为了能找到更远处的死尸罢啦。"

我也认识一些人，他们使自己博学多才，世界闻名，但是并非出于对真理的热爱，而只是贪图一个收入丰厚的教授职位。

牧羊人和夜莺

缪斯的宠儿，你在为帕尔纳斯山①上那伙讨厌鬼的大声喧嚣气恼么？——噢，听我告诉你夜莺曾经不得不听的话吧。

"快唱啊，亲爱的夜莺！"在一个迷人的春夜里，牧羊人向默不作声的歌手喊道。

"唉，"夜莺回答，"青蛙们聒噪得这么厉害，我的兴致全没了。你难道没听见？"

"我当然听见了，"牧羊人说，"可坏就坏在你的沉默，不然我哪里会听见它们！"

---

① 希腊山名。在希腊神话中为缪斯和诗人的聚居地，因而成了诗坛的代称。——译者注

鹰 隼

"在世界上，这个人的幸福可能就是那个人的不幸。"这是有人会讲的一个古老的真理。"可这个真理挺重要，值得用一则新的寓言进行解释。"我回答说。

一头嗜血的鹰隼发现一对正在亲亲热热谈恋爱的鸽子，便箭一般地尾随着一对无辜的情侣追去。眼看着鹰离自己已经那么近，一对恋人相信自己必死无疑，已相互在情意绵绵地说着诀别的话。不想鹰隼突然从高空往下瞥了一眼，发现下边有一只兔子。它忘记了鸽子，猛地一个俯冲下到地面，逮住了对它来说是更加肥美的食物。

自然主义者

有个人背熟了整个自然界的名字，说得出每一种植物以及危害这种植物的每一种害虫的名称，乃至于它们各式各样的别名。他整天搜集石头，追捕蝴蝶，并以科学家的无动于衷将他的猎物钉起来，做成标本。这样一个人，这样一个自然主义者（他们喜欢听见人家称他们为自然研究家）有一天穿过森林，终于在一处蚂蚁窝旁边停了下来。他动手在窝里翻来翻去，检阅蚂蚁们搜集的食物，观察它们的卵，并且把其中的几个放在他的显微镜底下细细地看，一句话，他在这个勤勉和谨慎的国度里造成了极大的混乱。

终于，有一只蚂蚁大起胆子来和他搭腔，说："你该不就是所罗门派到我们这儿来长见识，学习我们勤奋工作的懒汉中的一个吧？"

愚蠢的蚂蚁啊，竟将自然主义者当成懒汉。

狼和羊

羊口渴了，来到小河边。出于同样的原因，对岸又来了一头狼。有河水隔着，羊觉得安全，便存心要挖苦一下狼，它是冲着河那边的强盗大声喊道："狼先生，我该没有弄浑你的水吧？仔细瞧瞧我，看我是不是六周前在背后骂过你？我没骂至少我爸爸也骂过是不是。"

狼明白羊的讥讽。它望着宽宽的河面，咬牙切齿。"算你运气，"它回答，"咱们狼已经习惯了对你们羊耐心和蔼。"说完，狼大摇大摆地走了。

饥饿的狐狸

"我真叫生不逢时啊!"一只小狐狸对一只老狐狸抱怨说,"我的计谋几乎总是不成功。"

"你会成功的,毫无疑问,"老狐狸说道,"不过告诉我,你啥时候制定你的计谋来着?"

"啥时候? 都是肚子饿了的时候呗。"

"你肚子饿了的时候?"老狐狸接着说,"对啦,问题就在这里! 饥饿和周密考虑从来走不到一起。你将来要趁肚子饱饱的时候制定计谋,这样子结果会好些。"

| 诗体寓言 |

麻雀和田鼠

麻雀对田鼠说："瞧，那儿站着一只鹰！

赶紧瞧瞧吧，它已经振动翅膀，

准备进行勇敢的飞行，

翱翔太空，与太阳和闪电亲近！

咱俩打个赌：我尽管样子不像雄鹰，

却和它一样善于飞行。"

"飞吧，牛皮匠！"田鼠大声说道。

说话间雄鹰已振翅高飞，麻雀也

大胆跟进。

它俩刚飞到树梢就已越出田鼠的视野。

愚蠢的近视眼于是得出结论：

啊，它俩的飞行本领同样高明。

＊　　＊　　＊

顽强的 F 君想唱得如弥尔顿一样豪迈①——

他成功与否得看裁判选的是什么人。

鹰和猫头鹰

朱庇特的鹰和帕拉斯的猫头鹰②

发生了争论。

"讨厌的夜游神!"鹰说道。

"谦虚点吧,

我倒想问一问:

我和你同样托庇于天空,

凭什么你自视高我一等?"

---

① F 君指莱辛同时代的德国诗人 F. 克洛卜斯托克（1724—1803）。弥尔顿（1608—1674）是英国杰出诗人,克洛卜斯托克模仿其《失乐园》创作了《救世主》,虽缺少弥尔顿式的革命热情却受到当时一些评论家的吹捧,莱辛不以为然。——译者注

② 帕拉斯即希腊神话中的智慧女神雅典娜和罗马神话中的密涅瓦。她肩上老带着一只猫头鹰。——译者注

鹰说："不错，咱俩都生活在天上，

可是也有一点不一样：

我全靠自己飞来飞去，

你却离不开女神的翅膀。"

会 跳 舞 的 熊

一头会跳舞的熊挣脱锁链，

重新回到了森林里。

它习惯地用后脚立起来，

为同类表演它的拿手好戏。

"瞧瞧"，它大声道，"这就是艺术，

这就是在人世间学来的技艺！

跟着跳吧，要是你们能够并且欢喜！"

"滚！"一头老熊咆哮起来，

"这样的艺术只显示你的卑鄙和奴性，

哪怕它多么难学，

哪怕它如此稀奇。"

* * *

一位显赫的廷臣，

一个善于谄媚弄权

然而缺才少德的人，

他窃取了君主的宠信，

阿谀逢迎，平步青云。

这样一个廷臣，一个大人物，

是该赞扬呢，还是批评？

鹿和狐狸

"鹿啊，真的，我不理解你，"

我听见狐狸对鹿讲，

"怎么你那么缺少勇气。

瞧一瞧，你身体多魁梧！

难道说你还会没气力？

再大再壮的狗，你用角

一戳就可以将它戳死。

我们狐狸软弱，总还可以原谅，

因为我们确实无力还击。

然而一头鹿，事情明摆着，

绝不应该退让。请听我的结论：

谁要是比敌人更加强壮，

谁就无须一见敌人就逃避。

朋友，你比那些狗强壮得多，

所以绝对不可一见狗就逃逸。"

"是啊，我一直考虑不周。

从今往后，"鹿说，"我将坚定不移。

就算是狗和猎人一起进攻我，

我也决心对他们进行抗击。"

可真倒霉：近旁就有一群

带着狗的狄安娜①的仆人。

狗吠起来，森林立刻发出回响，

弱小的狐狸和魁梧的鹿一样

转眼间已逃得不见踪迹。

*   *   *

本性的自然流露永远多于表白。

_____

① 狄安娜系罗马神话中的狩猎女神。——译者注

太 阳

那个赐予我们白昼的星球说：

"嗨，诗人，学习学习我们的语言吧！

难道我们还必须绞尽脑汁，

如果你给我们讲一些琐事，

并且用愚蠢的寓言折磨我们?"

那好吧！于是太阳遭到反问：

"被表面假象蒙蔽的世人，

竟认为巨大的太阳的直径

仅仅只有一卡长，

这难道不令它自己痛心?"

"我该为此伤心吗?"太阳问。

"世人是谁，这么想的是什么人?

一群瞎眼的蛆虫！只要那些智者

在追求真理的幽暗道路上

能分清现象与本质，了解

我的真情，就足以令我高兴！"

*　　*　　*

诗人们呵，我们的热情和智慧

为愚众迟钝的目光视而不见，

读者的冷漠和轻视令你们难过，

那就学习学习太阳的自满自信吧！

模范夫妻

我要歌颂一个罕见的典范，

全世界听了都会感到惊奇。

人人都错了，人人却相信：

天下夫妻哪有不吵架、扯皮？

我见过一对夫妻典范中的典范，

他俩宁静得像最宁静的夏夜。

噢！没有谁见过他们，

会骂我是在胡扯瞎编！

虽说妻子不是什么天使，

还有丈夫也并非圣者，

各人都有自己的缺陷，

并没有谁身上全是美德。

要是有个俏皮鬼问我，

怎么会出现这种奇迹？

那就让我回答他吧：

丈夫是聋子，妻子是瞎子。

秘　密

汉斯去见神父，

向他忏悔自己的罪孽。

汉斯既年轻，又无名，

是个呆头傻脑的年轻人。

神父留神听着。汉斯忏悔的不多。

他又有什么好忏悔呢？

他不知什么罪孽，倒挺会玩乐。

玩乐无伤大雅，用不着忏悔。

"喏，就这点儿么？"神父问。

"难道你再想不起什么要说？"

"神父大人，别的一点……"

"再没有一点别的什么？"

"真的没有，以我的名誉担保！"

"你一点不再承认？这可不好！

罪孽这样少？汉斯，你得认真思考。"

"唉，大人，经您严加追问，

我好像又想起了什么。"

"嗯？快讲！"

"是的，这个，

神父大人，叫我无法开口跟您说。"

"是吗？你看来已经知道

怎么对付妓女，叫她们不致发火？"

"大人，我不懂您的意思……"

"不懂更好。你难道对偷窃和杀人

也一无所知？难道你父亲没去逛过窑子？"

"噢，我母亲曾经说过这件事，

可这一切都算不了什么。"

"算不了什么？那好，快说，快坦白，

你究竟犯了什么罪过！

我保证为你严守秘密，

绝不将你的忏悔往外说。"

"换个人也许会听信您的诺言，大人，

可我却不是傻瓜！

你只须告诉一个小孩，尊敬的大人，

我的幸福就全部除脱。"

"执迷不悟的坏蛋！"神父大声呵斥，

"你可知道我是什么人？

可知道我能够将你强迫？

滚！让你的良心去折磨你！

你将见不到任何一个圣者！

圣母马利亚不会，马利亚的儿子也不会

原谅你的罪过！"

这一来吓得可怜的农家小伙儿

心都差一点就要破碎。

"我终于……"

"我早知道,

你终于会认识罪过。可究竟是什么?"

"是不好说出口的……"

"干吗还吞吞吐吐?"

"我承认……"

"什么?"

"一个鸟窝。可请您别问在哪儿,

我担心将它失落,去年马茨那小子

就抢先给我掏走整整十个。"

"滚,你这傻瓜,一个鸟窝

哪里值得你来向我忏悔,

害我挖苦心思,费尽周折。"

   * * *

我知道一伙可笑的人,世人也知道他们,

好多年来他们就折磨着自己,

用自己太多的好奇心,

可到头来却什么也不曾弄清。

轻信的人们啊,别再纠缠不休,

别再钻牛角尖,一本正经。

谁无所隐秘，谁就容易守口如瓶。

饶舌的病根在于原本无所饶舌。

谁要真知道什么，就让我的寓言给他教训：

秘密往往并不能给我们揭示秘密，

到头来我们多半会说，真不值得，

"害我挖空心思，费尽周折"。

恩爱夫妻

克洛琳德死了。六周之后

她的丈夫也一命呜呼，

离开烦嚣的尘世，他的灵魂

踏上了通往天国的笔直道路。

"圣彼得先生，"他喊，"请开天门！"

"谁呀？"

"一个信奉基督的

正派人。"

"怎么个正派法？我倒想听听。"

"我整夜整夜地惊恐、祈祷和战栗,

不得安眠,自从我卧床不起,

得了肺结核病。

快开门吧!"

门马上开了。

"哈哈!原来是克洛琳德的丈夫!

我的朋友,"圣彼得说,"快快请进!

您的太太旁边还有一个座位空着呐。"

"什么?我老婆也进了天堂?怎么可能?

你们真的收容了克洛琳德吗?

那么再见!谢谢您费心劳神!

我呢,想去别的地方栖身。"

熊

凭着粗重的吼声、笨拙的严肃和

傲慢的虔诚,

熊早已平步青云,担起了

所有弱小动物的风纪检察官的重任，

像暴君似的为所欲为，没谁有勇气

觊觎它的位置，和它进行抗争。

终于有一天，正义感在狐狸身上苏醒，

从此这儿那儿也有只狐狸将风纪整顿。

如今我们发现它俩追求同样的目标，

同时却看见它们走着不同的路径。

熊只想以严刑峻法提高德行，

狐狸也惩罚，却满脸笑吟吟。

这儿只一味咒骂，那儿老说笑打诨；

这儿只修饰外表，那儿则改善内心；

这儿是昏天黑地，那儿却快活光明；

这儿在虚与委蛇，那儿在追求德行。

你深思熟虑的读者，岂不会马上问：

熊和狐狸该已成为好朋友吧？

真这样就好啦！真这样，

道德、智慧、风纪何其有幸！

可是不，倒霉的狐狸受到熊的排挤，

它尽管用心良苦，仍被逐出了教门。

原因何在？因为狐狸竟敢把熊批评。

这次我不能多谈故事的含义；

钟已经敲五点，我得赶紧上剧院去。

朋友，别再说教！愿不愿和我同行？

"演什么？"

"《达尔丢夫》。①"

"竟要我去看这丢人的戏文？"

狮子和蚊子

阳光中翻飞着快活的一群，

它们中有一位年轻的英雄；

英雄带着吸吮鲜血的长剑，

刺得人红肿乃是它的光荣；

幸好啊人们还能穿上袜子，

双层袜子能抵挡它的进攻。

年轻的英雄却原是只蚊虫，

---

① 《达尔丢夫》系法国作家莫里哀的著名喜剧，同名主人公为一典型的伪君子。随着该剧的广泛流传，"达尔丢夫"成了"伪君子"的代名词。——译者注

且听在下把英雄业绩赞颂。

英雄离开自己的同类，

开始它十字军的远征，

发现一头觅食归来的狮子，

精疲力竭，就要进入梦中。

"看呐，姊妹们，那儿躺着头狮子，"

它蹁跹飞去，还叫声嗡嗡。

"这个暴君，瞧我现在就去惩罚它，

放它的血，叫它浑身红肿！"

英雄冲过去，勇敢地一跳，

落在兽中之王的尾巴末梢。

它刺了一下就赶紧逃跑，

对自己的战绩好不骄傲。

怎么，狮子不动啦？

怎么回事？他死啦？痛快！

蚊子的长剑能制敌死命，

瞧，它不已将奇迹创造？

"如今我是森林的解放者，

嗜杀成性的狮子已被除掉。

瞧，姊妹们，连老虎也怕的兽王，

它死啦！光荣啊，我的战刀！"

姊妹们兴高采烈，欢呼雀跃，

围着自鸣得意的英雄连声赞叹：

"怎么可能？打败一头狮子！狮子！

妹妹啊，这念头怎么跑进你的头脑？"

"是的，姊妹们，必须敢作敢为！

只是这结果我自己也并未料到。

前进吧！让咱们去打败更多敌人。

咱们的第一仗打得真漂亮极了！"

就在蚊子们争着谈胜利的时刻，

就在一阵接一阵的凯歌声中，

疲倦的狮子已经清醒过来，

又精神抖擞，为捕食而飞快奔跑。

耶稣受难十字架

"汉斯"，神父说，"你快快去，
去邻近的城市为咱们买一个十字架，
带上马茨做伴吧，这儿给你钱。
可当心别让人要了高价。"

汉斯和马茨进了城，
见到一个雕刻师以为挺高明。
"先生，您可有耶稣受难十字架？
马上要过复活节，卖一个给我们行不行？"

雕刻师是一个捣蛋鬼，
喜欢嘲笑头脑简单的傻瓜，
使愚蠢的家伙更加愚蠢。
"但不知你们要的是哪样的？"

雕刻师开始打趣地问。

"喏，喏，喏，最最漂亮的，"马茨说，

"您拿出来我们一定能看清。"

"这个我相信。不过你们是要

活的或是死的？我原本想问。"

马茨和汉斯你瞪我我瞪你，

大张着嘴巴，半天吭不了声。

"请你们快告诉我啊！

难道你们没让神父说明?"

"我的天!"汉斯说，仿佛大梦初醒，

"我的天! 他什么也没讲啊。

马茨，你知道吗?""我琢磨：

你都不知道，我怎么会了解详情?"

"这么说，你们又得跑一趟喽。"

"不，咱们才不干这苦差事哩，

除非有官家发出的命令。"

他俩想过来，想过去，

始终得不出个要领。

想了半天，马茨终于说：

"有了！汉斯，咱们买个活的，

岂不更好？——因为嘛，

就算不合神父的意，我们再把它打死，

也不会比杀一头公牛更费劲。"

"是的是的"，汉斯说，"正合我意，

这样办我们不必太担心。"

         *   *   *

神学家先生们啊，这就是汉斯和马茨

做出的永远正确的论证。

眼　镜

封·克利桑特是一位老男爵，

他身为单身汉远近闻名，

不想小爱神和他开了个玩笑，

他六十岁竟突然善感多情。

邻里有一位市民的女儿，

菲奈特是姑娘的芳名，

她体态轻盈，迷人异常，

叫老少爷们望穿了眼睛。

男爵老爷也被她征服，

醒着还是梦里都看见她的倩影。

男爵老爷终于暗忖：

"为什么只是个影子？影子

只好想一想，要搂在怀中却不成！

她非做我的老婆不可，和我一同起身，

一同就寝！笑骂的任随他笑骂，

高贵的姑妈、侄女和弟媳妇，

菲奈特是我妻子，也是诸位的——仆人！"

已这么有把握？请慢慢往下听。

男爵老爷上门去提亲。

他拉住姑娘的小手，

举止文雅，完全合乎身份。

他说："我，封·克利桑特男爵，

选中了你，孩子，做我的夫人。

我的田产宽广又肥沃，

希望你不要自误终身。"

说完他戴上一副大大的眼镜，

开始念一张长长的清单，

表明上帝给了他多少财富，

他愿给她的聘礼何等丰盛。

将来他还要留给她六笔遗产。

老财主从头念到尾，

每念一条，都透过眼镜，

贪婪地瞅一瞅他的小美人。

“喏，孩子，你看怎样?”

说完这句话，他就不声不响，

同时慢慢摘下眼镜——

因为他考虑，这个聪明姑娘

才不会放过眼前的机会呐，

她会忙不迭地说一声“好的”，

我也马上给她一吻，让我俩幸福无疆。

可是，激动之中容易

折断了我贵重的眼镜腿！——

眼镜于是被小心地摘下来，拿在手上。

这就给了菲奈特时间，

让她在开口之前先考虑好：

"老爷，您谈到求婚和聘礼，

啊，老爷，这统统都很美妙！

我将穿绸裹绒四处走。

嗨，走干吗？我不会再走，而是

坐着六匹马拉的车，四处巡游。

旁边还有一大群仆从，

供我差遣，将我伺候。

啊！我说过，一切都十分美好，

要是我……如果我……"

"什么如果？我倒要瞧瞧，"

说时老财主胸口一挺说，

"看看什么'如果'能妨碍我！"

"如果我发誓不……"

"发誓不什么？菲奈特，

发誓不嫁人，是吗？

噢，胡思乱想，"男爵喊道，

"胡思乱想！"同时抓起眼镜，

再一次透过镜片，

将姑娘细细端详，

嘴里一个劲儿嚷着：

"发誓不嫁人！胡思乱想！

胡思乱想！"

"且慢！"菲奈特说道，

"只是发誓不嫁

像老爷您这样的

总将眼镜藏在兜里的新郎！"

死 的 渴 望

一头被捕猎激怒了的熊

追赶着一位来林中漫游的人。

它要咬死他，为着报仇雪恨。

（对漫游者来说，真可谓飞来横祸。）

报仇？有读者会讲，愚蠢的畜生，

你怎么谁是仇人也分不清！

噢，别骂这善良的动物，

它从来没有理智，只能依靠本能。

甚至在咱们中间……我说什么来着?

不……在狗中间,也没少出这种事情。

快!漫游者,你快逃命!

他逃,熊追。他叫喊,却无处可逃。

熊紧追不舍,冲过丛莽,大声咆哮,

眼看赶上他。他只好不断变换方向,

时而右,时而前,时而左,仍然

枉费心机。为什么?因为熊并非木头,

是啊,我这个追逐故事实在不好笑!

漫游者必须当机立断,否则太糟糕。

情急中,他爬上面前的一棵树。

噢!谁也不会想到,这条出路最好。

他想必惊慌失措,忘记了

熊同样是一位爬树的能手。

疯狂的畜生一看事情起了变化,

也停下来扒搔树干,咆哮怒吼。

它站直笨重的身躯,前爪搭上树杈,

动作迅速得如受惊的公猫。

尽管沉重的身体上升缓慢,

熊还是步步逼近,把人赶上了树梢。

惊恐中我们又有什么干不了?

漫游者为了摆脱他的敌人，

鼓足浑身的力气，伸出一只脚

狠狠地蹬熊脑袋。可这么蹬一蹬，

并没收到奇效。本来嘛，谁想杀熊，

他哪能只是伸一伸脚？

熊被蹬得不过晃了晃身子，不但

没摔下去，反而将他的腿抓住，

用它那一双利爪。

它又是抓，又是咬，兽性大发，

恨不得将他拽下来，一口吞掉。

然而，熊拽得越凶，

漫游者把树干抱得越紧，

表现出充分的骑士风度。

当智慧和勇气救不了我们，

盲目的命运经常会将我们拯救。

发狂的大笨熊，

身躯实在太重，

压断了树枝，猛地摔到地上，

差一点将老命送掉。

它喘息着，悻悻地走开。

漫游者又惊，又怕，又痛。

处境仍旧十分尴尬。

他该已怀着感激，

用想得出的一切语言，

将仁慈的上帝赞颂？

才不哩！大错特错！

他以微弱而颤抖的嗓音，

诅咒亵渎上帝，要上帝还他的债。

他嘟嘟嚷嚷爬下树来，

泪眼汪汪，手脚流血。

疼痛诱使他渴求死亡，

已将仓皇逃命的情景忘怀。

他一会儿怪熊没把他完全撕碎，

一会儿怪自己贪生怕死实在不该。

"噢，快来吧，我渴望的死神！

快将我的生命、痛苦和困厄都拿去！

我求你了，用我最后的一口气！"

嘶！嘶！什么在响，那树丛后面？

有福了，漫游者！你将如愿以偿。

来了另一头熊，是它打扰了你。

一头熊？别害怕！确实是。

是死神派来了它，毫无疑问。

死神？是的，是的，刚才

渴望他恳求他的，正是你自己。

"一个讨厌的客人，刽子手！

难道对礼仪一窍不通？

可惜我双腿已没法逃走！"

漫游者吃力地站起身，

然而一步也挪不动。

突然他有了一个主意，

这主意他刚才没想起。

大约在十年前，

他听一位旅行者讲过，

只是在危难时忘记了：

熊很少吃死人。

想到这他马上扑倒在地，

尽量伸直吓得冷凉的四肢，

尽量使劲屏住呼吸，

如一具僵硬的尸体。

熊嗅了嗅他，发现毫无生气。

它不喜欢吃死人肉，

吼叫几声便快快离去，

全然不打扰"死者"安息。

朋友，你又希望什么？说出来吧！

你刚才渴望死，死神来了却又逃避。

起来！熊走了。看你还有什么好骂？

还是熊没咬断你的脖子和腿，

你真该对它心存感激？

亵渎神灵有啥用？难道能减轻痛苦？

你还想死吗？打心眼里渴望它吗？

太遗憾，死神刚才目睹了你的虚伪，

不然他早叫你如愿啦。

酷暑的一天过去了，夜晚已经来临。

哦，但愿它也给这闷热的林间，

给这粗硬的野地上受煎熬的人

带来清凉和精神！

眼见着空气渐渐变凉，

天空已划过道道闪电。

"哦！"漫游者喊道，"来吧！

雷电啊，快结束我的痛苦和生命！"

雷神很快被他的祈求打动。

整个天空密布乌云，

最亮的星星也隐藏到云幕后，

电光飞快掣动，雷声此起彼伏。

高兴吧，漫游者，你死期已近！

死神就要驾着霹雳，

来将可怜无助的你攫去。

还开什么玩笑？……朋友们，请留神，

请你们克制自己，别嘲笑垂死的人……

"唉，多么痛苦……不如快快死去！……

来吧！死神！来，干吗犹豫？

不过躺在这儿我看不太安全！

我不是听人说过，

雷喜欢劈打橡树，

生活给了教训和经验。

呵，但愿有棵月桂树

能够为我提供庇护。

哎哟！腿好痛！死神啊，请将我攫去！

瞧那儿已遭雷击……不逃已来不及，

如果我不想被雷打死，

就必须向安全地带转移！"

去！愚蠢的家伙，去寻找安全，

一会儿想死，一会儿想将死驱离！

你的优柔寡断教我认识了人类的怯懦，

我必须听他们像你一样大声哀求。

相信我吧，朋友们：只有既热爱生，

又能勇敢地面对死的人，才算聪明优秀！

病中的普谢妮亚

普谢妮亚病了……"是报应吧，

谁叫她那样寻欢作乐……"呸，你们

这些心怀恶意的嫉妒者，还是先听我说！

普谢妮亚病了。痛苦不时扰乱她的心，

可更糟的是她得了忧郁症，

良心永远失去了平静。

"什么？什么？普谢妮亚得了忧郁症？

你这个撒谎者，你不如干脆讲她在修行。"

你们干吗又打岔？住嘴，听我讲吧！

当她疼痛难忍，大声呼唤，

她的使女就说："让我去把神父请来，

您对他忏悔，上帝就会将您原谅；

您必须忏悔啊，如果您想上天堂。"

"好，这建议不错，"病中的美人说，

"你快去，或派人去请神父安德雷斯。

安德雷斯，记住，他一直是我忏悔的神父，

每次我和亲爱的主和好，都靠他帮助。"

于是马上派了仆人，去敲教堂的大门。

敲得门都快破了，里边才传来答应：

"慢，慢！别急，别急!"问找什么人。

"喂，先开门再说!"门终于开了。

"请安德雷斯神父快快去看我家小姐，

她想做临终忏悔，因为她已快不行了。"

"谁?"一位教士问，"安德雷斯?

这好人十年前已去天堂里把忏悔听!"

莫里丹

莫里丹携带着妻儿乘船远航，

不期然遇上了险风恶浪。

"神啊，请发发慈悲，

让风浪平息吧！"莫里丹高声叫嚷。

"只要这次不让我葬身水下坟场，

我对你们发誓，永远不再过海漂洋！

海神尼普顿，请听我讲！

我将非常感激你，

将献六头黑牛供你独享！"

"六头黑牛?!"蒙达尔——

他的邻居在一旁发出惊呼，

"六头黑牛？你疯了吗？

我可心里非常清楚：

命运不曾赐予你如此多财富；

可你难道以为，尼普顿会心中无数?"

人啊人，你常常总是相信，

神灵比你的邻居好对付！

核桃和猫

"是的，好客的主人，

这种水果我确实吃不惯。

坦白说，要我讲果实的好话，

我只能将核桃称赞。

那真是有味道啊！我发誓！

就算苹果再嫩，也不如它好吃。"

一只小猫——女主人的爱物，

从来没被勉强去抓老鼠，

当时它坐在她怀里，尖着耳朵，

将客人的话听得一清二楚。

"什么?"它想，"核桃味道竟如此美妙?

别急，是真是假我马上会亲口尝到。"

它从女主人怀里逃下来，

马上跑进花园。嗨，这只蠢猫，

为一只核桃竟离开美人儿的怀抱！

你要是公子哥儿，看她还爱你不爱？

你倒不如把这个位置让给我，

我一定尽情享用，不会像你不知好歹。

这个我只是顺便说说而已，

请听我继续往下讲：小猫已到花园里。

不对吗？对。在园中的第一棵

核桃树下，它已经垂涎欲滴。

诸位如果想为我这寓言画插图，

那就请将核桃的皮画成青的。

我们的猫找着的正是这样的玩意儿，

问题全部就在这里。要知道，

它刚咬上一口就又呕又吐，

活像是吃了一口碎玻璃。

"那人称赞你，"它道，"就让他来吃吧。

呸，这家伙不知长着条什么舌头，

竟喜欢吃如此酸涩的东西！"

你给我住嘴，愚蠢的畜生！

你没有资格对核桃瞧不起。

要吃到果核，你才会明白，

人家称赞的是它，而不是皮。

｜ 附　录 ｜

伟大的功绩　崇高的人格
——浅论莱辛

　　提起德国文学，尤其是德国古典文学，谁都立刻会想到歌德、席勒乃至海涅。因为，是他们通过自己的作品，使曾经落后而为人鄙弃的德国文学大放异彩，牢固地确立了它在世界文学之林中的地位。

　　可是，我们又怎能忘记那位在他们之前为德国民族文学的勃兴披荆斩棘、开辟道路的先驱者呢？戈特霍尔德·埃弗拉伊姆·莱辛（Gotthold Ephraim Lessing，1729 — 1781），就是这位伟大的先驱者。

　　莱辛1729年出生在德国萨克森地区一座叫卡门茨的小城，父亲是一位家境贫寒的牧师。莱辛从小勤奋好学，被教师称作"一匹需要双份饲料的马驹"。他19岁开始写作，26岁时即已出版一部对于德国文学来说具有划时代意义的悲剧——《萨拉·萨姆逊小姐》（1755）。接着，他又写成了喜剧《明娜·封·巴尔海姆》（1767）、悲剧《爱米丽雅·迦洛蒂》（1772）、诗剧《智者纳旦》（1779）和三卷寓言，以及《关于当代文学的通信》（1767－1769）和《拉奥孔》（1766）、《汉堡剧评》（1767－1769）和《论人类的教育》（1780）等一系列重要著作。

莱辛首先是一位剧作家和戏剧理论家。

在莱辛生活和创作的18世纪的欧洲，戏剧还被当作是一种主要的文学样式和民众教育工具。然而，当时德国的戏剧，在戈特舍德等保守理论权威的倡导下，从内容到形式都对法国的新古典主义戏剧亦步亦趋，情形真是异常可怜、可悲。以适应封建专制主义的需要而产生的法国新古典主义戏剧，形式严守被曲解了的"三一律"的窠臼，写的几乎全是帝王贵胄们的"伟大业绩"，本身即为对希腊罗马的古典戏剧的模仿。莱辛之前的德国戏剧作为这一模仿的再模仿，不免就"更其空洞无物，索然寡味，荒唐可笑"（海涅语）了。这样的宫廷戏剧，与新兴资产阶级的需要无疑大相径庭。

莱辛的《萨拉·萨姆逊小姐》写的是市民青年梅勒福和萨拉·萨姆逊两人的爱情悲剧。这个剧本虽然艺术上还不够成熟，却从内容到形式一反新古典主义的陈规，不但在相当程度上打破了"三一律"的框框，而且让迄今被视为缺乏崇高的思想感情因而不能当悲剧主人公的市民阶级登上舞台，充当剧中主角，从而开了德国所谓市民悲剧的先河。剧本的人物、情节、环境都来自市民的生活；因此当时就有人评论说，它的公演迎来了"德国现实主义戏剧的新纪元"。

同样是市民悲剧的《爱米丽雅·迦洛蒂》，思想性和艺术性有了很大提高。悲剧写的是一个封建小公国的统治者使用阴谋诡计和卑劣手段，强夺正准备去与人成婚的欧托阿多上校的女儿爱米丽雅·迦洛蒂，为了维护女儿和自己的名誉，欧托阿多手刃了亲生女儿。这出悲剧尽管与其材料来源一样仍然发生在文艺复兴时期的意大利，但它影射和鞭笞 18 世纪德国封建小邦腐败现实的意图却显而易见。剧中塑造了一系列个性鲜明、影响深远的典型人物，其中的欧托阿多已可算是有着强烈的阶级意识的市民的代表。《爱米丽雅·迦洛蒂》受到了歌德、弗·施雷格尔等同时代大作家的热烈称赞；在席勒的悲剧《阴谋与爱情》乃至歌德的小说《少年维特之烦恼》等后来的杰作中，都能见到它的影子。① 特别是《阴谋与爱情》，更是由莱辛开先河的德国市民悲剧最丰硕的果实。

喜剧《明娜·封·巴尔海姆》以普鲁士与奥地利等国

---

① 小说主人公维特在自杀前就读的是《爱米丽雅·迦洛蒂》。

之间的"七年战争"（1756—1763）为背景，叙述了被解职的普鲁士军官台尔海姆与未婚妻明娜·封·巴尔海姆真诚相爱的故事。它揭露和鞭笞了战争中的种种专制和残暴行径，"是对弗里德利希（亦译腓特烈，普鲁士国王）政权的一个尖锐讽刺"（梅林语）。在德国文学相对贫乏的喜剧创作之中，《明娜·封·巴尔海姆》居于十分突出的地位。

以上三个剧本以及后文还要介绍的《智者纳旦》，都既具有民族的内容和创新的形式，也富于强烈反封建的时代精神，不但是德国启蒙文学的最重要成果，而且对后世剧作家歌德、席勒以至于克莱斯特都产生了巨大的影响。

不过，莱辛在发展德国民族文学和丰富世界文学方面的伟大贡献，更多还体现于他的戏剧理论和美学理论。

1767 年至 1769 年间，莱辛结合自己在汉堡民族剧院的工作撰写了 104 篇剧评。这些文章后来结集出版，即成为著名的《汉堡剧评》。在《汉堡剧评》中，莱辛一方面从理论上清算法国新古典主义戏剧及其在德国的效颦者戈特舍德的主张，一方面阐明创立德国民族戏剧的条件、方法和原则，在此他特别强调了创作具有民族的内容和形式特点的剧本的必要性和重要性。与此同时，莱辛还明确提出了从现实出发来描绘现实生活，在反映现实时必须抓住事物的本质等一系列重要创作原则。对于诸如剧本的语言、人物的塑造等具体问题，莱辛也进行深入探讨，提出了不少在当时富有创新精神的意见。正是在莱辛的《汉堡剧评》推动下，德国的民族戏剧才得以发展、壮大，真正确立了自己的地位。难怪海涅说："莱辛是文坛上的阿米尼乌斯；①是他，把我们的戏剧从异族的统治下解放了出来。"

　　莱辛的美学著作《拉奥孔，论绘画与诗的界限》，通过特洛亚祭师拉奥孔父子被海蛇缠死这同一题材在雕塑和史诗中的不同表现方法的比较，阐明了画与诗，亦即造型艺术与包括戏剧在内的文学作品，反映现实的方式的根本区别，指出前者表现的只是一个"固定的瞬间"，后者则应摹写连续不断的行动。《拉奥孔》帮助清除了一些长期统治人们头脑的糊涂观念，诸如温克尔曼所谓希腊古典文艺的理想是"高贵的单纯和静穆的伟大"，以及贺拉斯所谓"诗是能言的画，画是无言的诗"等，为德国乃至欧洲新美学理论的发展扫清了障碍。歌德在《诗与真》里回忆《拉奥孔》对自己的影响时说："这部著作把我们从可怜的静观领域带进了思想的原野。久被曲解的'诗如画'一语突然得到了

——————————

　　① 公元9年，阿米尼乌斯率日尔曼部族在条顿堡森林战役中战胜了强大的罗马军团，争得了民族独立。

澄清，造型艺术和语言艺术的区别变得明晰了……这一美好的思想，这种种结论，犹如闪电似的照亮了我们，迄今支配着我们的那些理论都像穿旧了的衣服一样给抛弃了。"

确实是在莱辛奠定的合乎时代要求的新的理论基础上，德国文学才发展到一个高峰，迎来了以席勒、歌德为代表的光辉灿烂的古典时期。别林斯基说得好，是莱辛"完成了德国文学的转变"。

然而，我们今天敬重莱辛，还不仅仅因为他是德国和欧洲文学史上一位杰出的文学家和理论家，还不仅仅因为他的《拉奥孔》和《汉堡剧评》至今仍在世界范围内产生着影响。我们更推崇他的伟大人格，视他为德国18世纪启蒙运动最卓越的代表，最坚定、最勇敢的反封建斗士。莱辛一生的重要作品，不论是创作或是论著，无不闪烁着启蒙思想的光芒，洋溢着反封建的批判精神。就连他创作的那些短小精悍的寓言，像《水蛇》《绵羊》和《垂死的狼》等，都对专横残暴的封建统治者做了深刻的揭露，辛辣的讽刺。

文如其人。杰出的启蒙思想家和文学家莱辛，他做人的最大特点和最高的品格，就是一生热爱真理，追求真理，一生为反封建制度而坚持不懈地战斗。他曾经说过，假使上帝把真理当作礼物送给他，他将拒不接受，宁肯通过自己的努力去寻找和获得真理。而且，在追求真理的过程中，他真正可以说是做到了贫贱不能移，威武不能屈。

在封建势力十分强大、资产阶级异常软弱的德国，莱辛一直处于孤立无援的地位，经济上经常极为拮据。1764年，正当他本人穷困不堪，父母又因"七年战争"影响急需他资助之际，他却毅然拒绝了柯尼斯堡大学一个待遇优厚的教授职位，原因是他不肯履行任职条件，去违心地作一篇颂扬普鲁士国王弗里德利希二世的讲演。晚年，他与汉堡正统路德派总牧师哥泽进行论战，为此写了一篇题名《箴言》的文章。他在文章中说："写吧，牧师先生，并且鼓动其他人一起写，随便你们写多少都行。我呢，也要提起笔来写。我哪怕放过你的即使一点小小的错误而不加反对，那就意味着，我已连摇动笔杆的力气都没有了。"这充满战斗豪情和大无畏精神的话，后来被马克思引用在了1843年1月13日《莱茵报》刊载的一篇文章中。

与哥泽的论战进行得十分激烈，以致不朗瑞克公爵——莱辛是他的图书管理员——出面干涉，强令禁止莱辛再写驳斥总牧师的文章，可是莱辛仍不罢休，只是改变方式，借用《十日谈》第一日第三个故事中那个著名的三指环比喻，写成功了诗剧《智者纳旦》。剧中，通过信奉不同宗教的三个主人公原为一家人这个情节，宣传各宗教及各教派之间应该相互宽容的启蒙运动主张，把对正统牧师哥泽的论争进行到底。

除去斗争的坚定性和不妥协精神，莱辛在追求真理的长途中还表现出其他许多难能可贵的品质。他从不迷信权威，无论是古罗马大诗人贺拉斯，或是他所景仰的前辈温克尔曼，还是红极一时的权威理论家戈特舍德，只要观点有错误，他都能够发现指出，勇于进行批驳。他善于独立思考，不随时俗。例如，苏格兰诗人麦克裴逊"发现"的所谓古爱尔兰诗人莪相（Ossian）的诗歌风靡一时，连赫尔德、歌德——《少年维特之烦恼》收进了"莪相之歌"——以至于拿破仑都受到迷惑和深信不疑，莱辛却独独对它的真实性提出了疑问，而"莪相之歌"后来也为事实证明确系伪作。再如，在席卷全欧的"维特热"面前，进步营垒中唯有莱辛保持了冷静的头脑，指出了《少年维特之烦恼》的缺点和可能产生的消极影响。但是，在富有独立思考精神，不随时俗，不迷信权威的同时，莱辛又虚怀若谷，欣然接受晚进的赫尔在《评林》中对其《拉奥孔》指出的正确批评。还有，他在编辑温克尔曼的书信集时，发现有一封贬低他、说他"学识浅陋"的信，却仍把它选收了进去。再如他早年受过伏尔泰的轻侮，后来却能实事求是地评论伏尔泰，给予这位法国启蒙运动的先驱充分的肯定……

莱辛伟大而崇高的人格，感动和鼓舞了无数的后继者。海涅称他是一位"完人"，说莱辛是"全部文学史里"最受他热爱的作家。车尔尼雪夫斯基在一篇关于莱辛的专论中写道："莱辛的人格是如此高贵、崇高，同时又这样和蔼、卓越，他的行动是这样无私、热情，他的影响是如此巨大，致使人们越钻研他的本质，就越坚决、越无保留地敬重他，热爱他。"

> 从前你活着，我们尊敬你
> 如同一位天神，
> 如今你去了，你的精神仍支配着
> 我们的灵魂！

莱辛逝世后，席勒写了这么两句诗，来赞颂和纪念这位伟人。

当然，莱辛并不真是一位"天神"，他身上同样存在着凡人的局限和弱点。这表现在他进行战斗往往单枪匹马，因此显得势单力薄；他一生经济拮据，终不免在很大程度上要受制于统治阶级，战斗力自然遭到削弱，等等。但是，这些局限和弱点，都系时代和阶级的原因造成，且与莱辛的伟大功绩和崇高人格相比，实在可以说微不足道，不影响我们对他的评价。

莱辛逝世于 1781 年 2 月 15 日。在他逝世 200 多年后的今天，他的论著《拉奥孔》《汉堡剧评》和主要剧作以及绝大部分寓言，都已译成中文，在我国像在世界其他地方一样产生着影响；他的崇高人格和伟大精神，同样给我们以激励和鼓舞。